把一切麻烦之事都摆到理性的天平上。

——陈乐民

陈乐民 著

山高水远

人民东方出版传媒
东方出版社

图书在版编目（CIP）数据

山高水远 / 陈乐民 著 . — 北京：东方出版社，2020.10
ISBN 978-7-5207-1606-2

Ⅰ.①山… Ⅱ.①陈… Ⅲ.①散文集—中国—当代 Ⅳ.①I267

中国版本图书馆 CIP 数据核字（2020）第 123766 号

山高水远

（SHANGAO SHUIYUAN）

作　　者：	陈乐民
策　　划：	陈　卓
责任编辑：	张永俊
责任审校：	谷轶波
出　　版：	东方出版社
发　　行：	人民东方出版传媒有限公司
地　　址：	北京市朝阳区西坝河北里 51 号
邮　　编：	100028
印　　刷：	北京联兴盛业印刷股份有限公司
版　　次：	2020 年 10 月第 1 版
印　　次：	2020 年 10 月第 1 次印刷
开　　本：	880 毫米 ×1230 毫米　1/32
印　　张：	8.75
字　　数：	182 千字
书　　号：	ISBN 978-7-5207-1606-2
定　　价：	49.00 元
发行电话：	（010）85924663　85924644　85924641

版权所有，违者必究
如有印装质量问题，我社负责调换，请拨打电话：(010) 85924602　85924603

出版说明

陈乐民先生是一位有着丰厚学养的国际政治与欧洲学专家，同时也是一位潜心于中西历史文化比较的著名学者。曾任中国社会科学院荣誉学部委员，中国社会科学院欧洲研究所所长，中国欧洲学会会长。

陈先生 1930 年出生于北京，幼习诗文书画。初中起就读于教会学校，打下英语基础。1953 年大学毕业后，因缘际会之下，陈先生进入"涉外部门"，成为一名长期驻外工作人员。1983 年，陈先生离开外事工作，进入中国社会科学院欧洲研究所（时为西欧研究所），开始全职学者生涯。1991 年前后，陈先生患上肾病。1998 年病情恶化。此后十年，全靠"血液透析"维持生命。

用陈先生自己的话说，他的一生分为三个阶段：大学毕业以前读书；青年和中年时期做了从事"民间外交"的"小公务员"；进入老年则为"学者"之事。在二十多年的学术生命期，陈先生不仅打通了各个人文学科之间的藩篱，还打通了中西与古今。

纵览数千年的中国历史演进，亲历当世的国家磨难，陈先生仍然坚信社会总是在螺旋式上升，数十年来，一直奔走在追寻"德先生"和"赛先生"的路上。他眼里看的是欧洲，心里想的是中国。自20世纪90年代中期起，陈先生便不断思考一个问题："西方何以为西方，中国何以为中国。"

陈先生博览群书，笔耕不辍，直至生命的最后时刻，仍在孜孜思索。在以"血液透析"维持生命的十年里，陈先生笑称自己的"有效生命只剩下一半"，因为每个星期有三天要去医院做透析。但令人惊叹的是，陈先生学术上的累累硕果，大部分都是在这最后十年中结出的。

三十多年来，出版陈先生著作的出版单位多达十数家。自2014年北京三联书店出版"陈乐民作品"以来，作者家属又陆续整理出一批陈先生未曾公之于世的遗稿（手稿）及散落于各类刊物上的"遗珠"（十余万字），并注意到此前所出各种作品集在分辑、选篇、编排顺序以及编校质量等方面，尚有一些不够理想之处。

2018年陈乐民先生辞世十周年之际，我社有意推出"陈乐民作品新编"，陈先生家属欣然应允并给予充分配合。其实，早在1988年，陈乐民先生的第一部学术著作《"欧洲观念"的历史哲学》即是交由我社出版。陈先生与东方出版社，自有一种因缘在。

我社此次推出的"陈乐民作品新编"，是在充分参考此前陈先生各种著作版本的基础上，广泛辑佚、重新编次、细加考订、认真校勘的结果。当然，北京三联书店的开拓之功，是无论如何绕不过的，在此不敢掠美。

陈乐民先生是"一身跨两代"之人，既是"旧知识分子"的最后一代，又是"新知识分子"的第一代。在他们这代人身上，无论是新旧冲突还是新旧调适，都表现得非常"典型"。因此，"阅读陈乐民"在某种程度上就是阅读这一代知识分子的命运与思想，阅读他们一直想要厘清的新与旧、传统与现代在时代大潮中的纠葛与缠绕。

21世纪的第一个庚子年，诚为多事之秋。在此特殊时期推出陈先生作品新编，感慨良多。

谨以此集，作为对陈乐民先生九十周年诞辰的一种纪念。

东方出版社
2020年9月

目录

上辑　故人难聚

育英中学杂忆 / 003

"院系调整"前夕的清华园 / 007

不应忘却的记忆
　　——由"师承"谈起 / 011

周恩来的"每事问" / 016

关于陈翰老早年的一篇论文 / 022

想起一个外国老人 / 026

潇洒氓公 / 032

李一氓的悼潘诗 / 036

氓公的风格 / 038

送别李慎之 / 042

记老李 / 048

李慎之去世五年祭 / 055

半个世纪前的珍贵记忆
　　——纪念吴达元先生百年冥寿 / 059

记曹禺与德国作家的一次会晤 / 063

追念董乐山 / 065

忆张芝联先生 / 067

燕南园 57 号的文脉 / 072

宗璞散文中的学者 / 079

忆仲德 / 083

读《告荃猷》/ 086

赤子范用 / 089

扬之水传考 / 091

中辑　陋室遗篇

琉璃厂今昔 / 095

我和书 / 097

关于"书"的一个小故事 / 100

一本旧书 / 103

翻过这一页 / 106

杭绍行 / 112

匆匆津门行 / 116

我看上海 / 119

甪直行 / 124

贺岁短笺 / 128

珍贵的纪录 / 132

李约瑟书斋记 / 134

斯泰兰怀古 / 137

沙特尔访古 / 141

巴黎的苏热巷 / 146

下辑　病隙杂记

病亦有乐 / 153

一九九八年病榻随记 / 156

给复三兄的信 / 166

给朱尚同的信 / 171

给没有收信人的信 / 176

日　记 / 198

随　想 / 226

新编版后记 / 239

* 上辑 * 故人难聚

育英中学杂忆

我是 1948 年从北京育英中学毕业的。那时北京有四座有名的教会学校，它们是育英（男）、贝满（女）、汇文（男）、慕贞（女）。

我在学校期间不是成绩优秀的好学生，但绝对不是"坏学生"。因为我不喜欢数理化，平均分数就大受影响了。我的"强项"是"国文"和"英文"，还有进入不了课程表的书画之类。所以我对母校的印象和记忆就难免不全面甚至已经模糊了。六十多年过去了，我仍然感受到那是一个品格自由而严肃的学校。

我们有很多很好的老师，他们最大的特点是循循善诱。举例说，我在不同时期经历了好几位英文老师。年老师教英文选读，当然是在高年级了，他时时选一些狄更斯、哈代之类的文字，有时选些比较近代的，如萧伯纳等等。我后来对欧洲文学产生些兴趣，年老师的课可能起了潜移默化的作用。

与年老师总是穿笔挺的西装不同，教文法的崔老师穿的是灰色的长袍，留着平头，如果不是一口"牛津"音，一定会觉得他是一个传统的教书先生。崔老师的课既使学生略有些紧张，因而不能不聚精会神，又非常有趣味，有一种不知不觉的吸引力。他的"拿手好戏"是教我们用"图解"法（diagram）分析长句子。上得堂来，他一语不发先在黑板上写一句长长的、比较复杂的句子，叫一两个学生在黑板上用"图解"法分析八大词类应属的位置。那确实是要费些脑筋的，不过非常"好玩儿"。久而久之，再长、再复杂的句子，甚至还没有看懂，也能让八大词类各就各位。这种办法很灵验，不仅对学英文，而且对后来我学法文，也很有帮助。崔老师说，学文法不仅止于看一种文法书，要看两三种不同作者写的文法书。他推荐学生们在课外看看林语堂写的 *English Grammar*，因为林语堂中英文都属上乘，善于从中英文的对比上讲英文的文法。比如，英文说"推开门"，中文就要说"把门推开"。林语堂举这类例子，很有趣，把呆板的东西讲活了。

崔老师常说的一句话，我印象特别深，一直记得。他说："懂一种语言就多一条道路。"我后来渐渐体会，一条道路就是一种文化。

郑老师也讲英文文法，一个学期专讲"语式"（mood），如"直陈式""条件式""虚拟式"等等，每种 mood，讲好几个课时，举许多例子。崔、郑两位老师的讲法使学生牢固地掌握了语法的基本知识，几乎可以烂熟于心，配合了年老师的英文选读。郑老师声音洪亮，讲话有节奏感，学生们给他起了个绰号："金少山"（京戏铜锤花脸）。

教英文的还有位拉森小姐，美国人，教"会话"（现在叫"口语"），教发音，教日常用语。

"国文"课也是我喜欢的，那时的"国文"，文言文还占有相当大的比重，朱自清、夏丏尊、叶圣陶等都是那时知道的。由于我的家庭影响，对课堂上讲的，常觉得不满足，但它可以指引我进一步去看有兴趣的书。有位很博学的张老师，他的年龄比其他老师都大些，讲话出口成章，很幽默，能书善画。一次我把我写的字和山水画拿给他看，请他指点。他端详了一会儿，说了些鼓励的话，有句话我一直牢记："国画"（今称"中国画"）的基础在"书法"。并且说我画不及书。师辈的点拨时常能在一言半语之间起作用。

有位教"修身"的老师非常有趣。"修身"讲的是如何礼敬长辈、善待同辈、为人处世文明礼貌、进退有据之类，是一种比较枯燥的课。这位年轻的老师刚从辅仁大学中文系毕业来任教。他一身西装，分头梳得锃亮，每堂课先不讲"修身"，而是在黑板上写一段元曲，什么"小桥流水人家，古道西风瘦马，夕阳西下，断肠人在天涯"之类，跟"修身"毫不搭界。有一回写在黑板上的是"骑马倚斜桥，满楼红袖招"，惹得满堂哈哈大笑。他讲完元曲，剩下的时间就有限了，"正课"即匆匆而过。这种"不务正业"的教法把"修身"的死板的道学气一扫而光，因此大家都很欢迎他。他的课引导我立刻钻进《缀白裘》（清代辑集的昆曲剧作集，收入《琵琶记》《牡丹亭》等）里去了。

教数理化的老师都是有很高水平的，如教化学的仓老师，在讲课前先评论一阵时局，这是我们感到十分新鲜的，后来，仓老师从某一天起忽然不再上课了，于是大家议论纷纷。那时正是内战逼近的时候。教物理的陈老师讲物理的重要性时，常要提到"亚基米德大圣人"。可惜我不争气，一上数理化就犯困，死活听不进去，所以考试分数勉强够六十分及格已经不错了。老师都是一流的，是我不成材。

育英中学是个教会学校，因而有些人便有种种不确切的看法。比如以为我那时一定是信基督教的。诚然在育英的左邻贝满女中一进门迎面有座教堂，两个学校的人都可以去，我也不时去看看，听唱诗，看默祷，查经，等等，我也看看《新约》，但那是一种自由参加的文化活动，不关信仰的事。育英的气氛非常宽松、自由，绝大部分不是教徒。基督教绝对不参与校务。曾有一段时间把教会学校看作"帝国主义文化侵略"的产物，那绝对是荒谬可笑的。它全部精力都花在办合格的教育、办校风正派的学校上。有人认为我的外语还算可以是由于上了教会学校，相当多的人甚至认为，教会学校必然很"洋"，这完全是误解。育英的教育是全面、均衡发展的，文理并重，在文的方面，同样是中西并重的。历史、地理类课程都体现了本土的优先地位。毫不夸张地说，我许多基础的知识是在育英发蒙的，这种教育起的是"润物细无声"的效果。

我在中学期间，丝毫没有感到过分数的压力，尽管我的数理化成绩那么糟糕。上了毕业班，老师们并不像现在那么心急火燎，为了升学率拼命给学生加压。那时育英中学的教育方针，是给学生留出充分自由发展的空间。我至今仍然认为，这一点对于教育，是绝对必要的。

2008 年 1 月

"院系调整"前夕的清华园

最近报刊多有谈大学改革者,使我联想起半个多世纪前我的一段"大学生活"。

1950年我终于走进了清华园。那年西语系招二年级"插班生",我以"同等学力"考取。入学考试只考中、英、法文,不考数理化,我得以绕过我的"弱项",真是天助我也。

现在常提到老清华的四位国学大师,其实他们在清华的时间并不长,留下来的是他们的影子和治学精神。清华园让我景慕的则是众多亲见和耳闻的名师,他们支持着清华的盛誉:冯友兰、金岳霖、梁思成、叶企荪、周培源、陈岱孙、孙毓棠、雷海宗、钱锺书、李赋宁,等等,可以开出一张很长的名单。

我一进校门即听说清华有"一文一武"。果然不久便在校园里时时见到他们的身影。这二位,大名鼎鼎,令我仰视。

一位是潘光旦先生,人类学家、社会学家、优生学家,同时兼着图书馆馆长。清华图书馆是座"圣殿",馆长必须是饱学深思之士,是很受人尊敬的,其威望不下于校长。潘先生圆圆的脸,慈眉善目,一条腿特立独行,挂着双拐而"步履"稳健。最引人注目的是他的烟斗,我在近十年前从他的《铁螺山房诗草》中读到他写的烟斗"铭文",文曰:"形似龙,气如虹;德能容,志于通。""题记"云:"自制老竹根烟斗成,铭诸斗腹。"铭文当系夫子自道。

另一位老者也天天在校园里见到,即体育课教授马约翰先生。清华是非常重视体育的,体育课不及格影响升级。由于有马老在,清华的体育课具有文化内涵。老先生鹤发童颜,特精神,每天清晨准时在新林院跑步,跑步的姿势很美。我们喜欢听他讲课,如讲奥林匹克的历史等。他说,体育不单纯练体力,还是意志的锻炼;"君子务本,本立而道生",体育是练"本"的。马老有个三"ce"的理论,说体育的目的是培养人的"persistence, resistance, endurance"。英国音,押韵甚是悦耳。用今天的时髦用语,马老是清华园的一道"风景线"。

总之,我到清华园的第一年,感觉真是"好极了"!

第二年,"知识分子思想改造运动"先是悄悄地,很快就大规模地在校园里滚滚而来了。听说潘先生受到了很严厉的批评,有人"揭发"他在给社会学系学生开列的参考书中,居然把《资本论》和《圣经》并列;还听说,他管的图书馆中的书目卡,没有把《新民主主义论》列入,那本书只和一般宣传小册子放在了一起……

那时的教授们,大多在1949年之前已经有很高成就了。然而问题在于他们都留过洋,是从旧社会过来的,沾上了或轻或重、或大或小的"历史问题",因此要"请"他们"自愿"上台检讨自己的过去。听众在台下听,提意见,批评,上纲,帮助他们"洗澡",洗干净他们的旧思想。人人过关,是一次对知识分子的"下马威"。

有两个我亲临的例子。

一个是冯友兰先生在文学院一级作检讨,几次"洗"不净,台下的提问和批评用词都很严厉。群情有时还相当激昂。详细情况记不大清楚了。我太幼稚,没见过这阵势,因此在以下的例子中终于出了个"洋相"。

西语系主任吴达元先生在系一级作检讨,同样把自己的家庭出身、社会经历、错误思想一一抖搂出来加以批判。台下一个劲儿地追问,弄得吴先生相当狼狈。我觉得太过分了,不懂得这种会只能是"一边倒"的,便站起来说了一句:"我觉得吴先生已经够深刻了……"没想到语音未落,全场都转过头来盯着我;我意识到我的话不合辙,赶忙尴尬地坐下了。追问照常进行。

会后一位管我们政治思想工作的大同学立即找我谈话,和颜悦色而又语重心长地说:你太小资产阶级温情主义了,你这不是帮助吴先生改造;"根子"在于你的家庭和社会影响,是封建思想和资产阶级思想在你身上的反映。他还讲了些别的,但这几句我记得最清,以至在以后每当需要作"自我批评"时,便想起了这条"根子"。

1951年,是各种政治运动集中开锣的年份。为了帮助青年学生改造思想,我们分批被派去参加各种社会实践。我被调去参加一个"三反、五反"的工作组,去查一个开珠宝玉器店的资本家的账,一去好几个月,离开了校园,自然也就离开了教室和书桌。后来我和不少同学又被派出参加新中国成立后第一次在北京召开的国际会议("亚洲及太平洋区域和平会议")的工作,前后半年多。在这期间学校是怎样上课的,我们都不知道了。

1952年,一声"院系调整"令下,清华大学一下子没有了自己的文科,支撑清华文科盛誉的师长和他们的学生们,并入已从沙滩红楼迁到原燕京大学校址(燕园)的北京大学。所以,我在清华园满打满算不足两年。

2003 年 9 月 25 日

不应忘却的记忆
——由"师承"谈起

一次,葛剑雄君自沪来京开会,会后到我家来。葛君健谈,两三个小时,痛快淋漓。其中有一半时间追忆谭其骧先生的道德文章、仪态风范。葛君是谭先生的得意门生,谨守师教而颇多建树。过去读过几篇他的回忆文章,又看了他写的几本书,深为九泉之下的谭先生感到欣慰。"名师高徒",古之常情常理。

于是想到了我自己,年近七十,一直浑浑噩噩,没有师承哪一家。这大半是我业无专攻的缘故。不过,三人行必有吾师;我这一辈子也确实有不少对我很有影响的师长。在已然作古的人里,至少有三位前辈老先生,在我青少年时期,对我尔后的人生道路有过很深远的影响,这是我不曾也不应该忘记的。

第一位是我小学时的"国文"老师黄炳臣师。他觉得课堂上的"国文"课内容太单薄,便给我们几个人"吃偏食",在课外补习,从《孟子》开始。他说,把《孟子》读通了,再读别的就容易了。他不是逐字逐句地讲,也不理会朱注,而是让我们读孟子白文,然后点拨几处,果然就如同剪过蜡烛芯那样豁亮起来了。我对于"老古董"的兴趣便是从此开端的。后来上大学念的是外国文学,大学毕业后分配工作,又干的是"洋务"(所谓"民间外交"),但是始终没有忘情于"老古董",以至染上了一些"国学癖"和"历史癖"。这与黄师的启蒙之功是关系很大的。因想,今天再找这样的小学老师,怕不是很容易的了。

再一位是从未谋面的朱光潜先生。那是我上了中学的时候,偶然在表哥那里看到了一本《谈美——给青年的第十三封信》,一下子上了瘾,以后凡是朱先生的书和文章便找来看,几乎达到废寝忘食的地步。不料我对美学、哲学的兴趣即由此萌生,而朱先生的学贯中西,尤其使我朦朦胧胧地高山仰止而心向往之。直到今天,我对中西文化的浓厚兴趣,可以说和读朱先生的书有密切的渊源。

然而,我却曾有些对不住我这位没有见过面的"老师"。这指的是,在五六十年代进行思想改造反省"小资产阶级思想"时,我竟说是受了朱先生的书的影响。真是诛心之论呵!"我见青山多妩媚,料青山见我应如是"的"移情"论,"慢慢走,欣赏吧!"怎么就是"小资情调"呢?可能是说不圆吧,当时即有同伴问我:真是这样的么?后来我在内心里也觉得自己"以时胜道",不怎么光明坦荡。

再到后来就是"文革"以后了,有一天逛书店,发现了重印的《谈美——给青年的第十三封信》,急忙买了回来——我存有的朱先生的书,早在"扫四旧"时被收走了——感慨之余,在扉页用毛笔小楷工整地写了这么一段话:

朱光潜先生的《谈美——给青年的第十三封信》是我少年时最喜欢的一本书，一些美学里的道理都是从这本书里学得的。解放后入团时，我趋时地批判过去的一切，连这本书和它给我的影响一起都批判了，以后每次需要写"思想总结"时，都照例批判一番，好像如果当初没有看过这本书，我早就成为一个"无产阶级"了似的。那种批判实在浅薄、幼稚得可以，今天想起来，仍觉得可笑。四十多年过去了，今天又在书店里发现了它，顿然感到十分亲切；好像见到了曾经被我委屈过的老朋友。

1988年9月1日

现在该说第三位了，那就是李一氓同志。50年代中期，我离开校门不到两年即被派到维也纳在他直接领导下工作。那时经常要向国内写一些报告一类，不少是先由我起草，再由他改定。他改得很快，三下五除二把繁冗拖沓的枝蔓都一概砍去，就像鲁迅说的，把小说压缩成sketch，毫不可惜。他改后由我抄清，就在这一改一抄之间，我渐渐地悟出了一条作文之道：删繁就简难于锦上添花。写文章，我得益于他不少；这种影响是潜移默化的，不知不觉的。氓公予我的教益，即在于这种日常的熏陶。他兼好中西学问，雅好诗词，写得一手熔甲骨篆隶为一炉的"李体字"，又是文物收藏鉴赏家。我生性喜爱文墨，与这样的领导相处，追随左右，那种徜徉文事的氛围，自然如鱼得水，大大抵消了日常工作的枯燥乏味。

我手头存有氓公的《存在集》《一氓题跋》；里面有些文章便是他在维也纳时酝酿或起草的，如《花间集校注跋》《读辽史——兼论"四郎探母"》《论程砚秋》等。氓公过世几年后，我拿到了他的回忆录《模糊的荧屏》和诗词集《击楫集》。睹物怀人，不免想到昔时他那无声的教诲。他从不以大道理训人，与小辈相处，谈论诗文，都持平等态度，言谈之间，惠我良多。他曾对我说过一次：为学之道，切忌眼高手低。话虽只这么一句，也只说过那么一次，于我却一生受用不尽！可惜当时我缺乏自觉，失去了不少讨教的机会。

我依稀记得，他在维也纳时也偶写些诗词。但《击楫集》里竟付之阙如，想是散失了。《模糊的荧屏》记述维也纳期间事也过于简约。那时中苏分歧已初见苗头，尚不为外界所知；氓公观察敏锐，折冲樽俎之间，语多机锋，每每要言不烦而切中肯綮，深为辩者所折服。氓公在我心目中是既有大将豪气，又有儒家风度；许多有声有色的情景，仍如在目前；然而在《模糊的荧屏》里竟无迹可寻了。我愚顽不灵，加之当时种种禁锢，也无只字笔录，实在可惜！

写到此处，忽然发觉，后两位前辈其实都不能算是我的严格意义上的老师。但是他们确实和我的启蒙之师一样，对我的成长有抹不掉的影响。道之所存，师之所存；尊之为师，不亦宜乎？

进入中年以迄老境，可称我师的自不止此；但对我人生道路起了大作用的，是这三位。这是我以前没有意识到的。

扯远了，拉回到引出这篇回忆的开头处，我仍是十分羡慕谭其骧-葛剑雄式的师生之谊。提倡学问，非有师承不可；最要紧的是"尊德性，道问学"的师承。一代一代传下来，一代一代有创造，才能青出于蓝，才能出大学问和大学问家。这样的"师承"，现在似乎不大多见了。所以，我非常羡慕葛君有谭先生这样的老师；同时，我虽谫陋，但在国际政治、中西文化方面总有些零星知识，然而却无后生愿意分享，因此我又不免不知高低地妄自羡慕谭先生。

周恩来的"每事问"

由于工作的关系,曾多次见过周恩来总理,他的音容笑貌在他去世后的二十多年来一直使我不能忘怀。这里记下的是我最后见到周总理的情景。

最近翻检我的旧笔记本,发现1972年10月5日有这样一则:"10月5日,总理接见最近出国的五个代表团全体成员,从晚上9时至夜里1时半。总理以充沛的精力向被接见的人(医生、自然科学家们)作调查研究,从针灸原理到老年气管炎,从心脏病到林县的食道癌,从'三废'到大学的教改,给大家上了一堂如何作调查研究、坚持唯物论的反映论的课。遂后,总理就国际形势及主席的战略部署作了重要指示。"

"文革"后期,特别是林彪垮台、尼克松访华后,外事活动有所开展,一时相当活跃。1972年我从"干校"回到北京,后来接受任务,参加筹备出席恢复我合法席位后的联合国教科文组织第十七次大会的具体工作。大会将于1972年11月份在巴黎举行,高教部会同外交部组织了一个很大的政府代表团,团长由当时我驻法大使黄镇出任,副团长是清华大学的张维教授。我作为翻译组组长参加了代表团。

10月5日下午,我们正在高教部准备各项文件的起草、修订以及翻译等工作，上面传下话来：周总理当晚9时要在人民大会堂接见将于近期出国访问的代表团，大家就在附近随便吃些东西不要回家了，因为晚8点要准时动身。大家听了这消息都非常兴奋，特别是再过四天就要登程去巴黎了，我的高兴心情更是难以言表，因为已很久没有近距离地看看周总理了。

我们的大轿车准时从大木仓胡同出发，到达人民大会堂某接见厅时，发现已有不少人先到了。只见王海容忙前忙后地在张罗着。当时已是秋天，可是摆的还是一圈一圈的藤椅，围成半月形，正对面是一只茶几，两旁各摆了几把藤椅。渐渐地被接见的人都到了，共约二百人，大部分人我都不认识。

9时整，王海容走在略前侧位，陪总理从后面进入大厅，跟在后面的，我只认出了郭老。全体人员立时起立，热烈鼓掌。还未落座，总理发现了竺可桢老先生，遂连忙趋前问候，并说，竺老高龄，何必要来呢？竺老说，许久未见总理，有这个机会不能不来。总理连说，那坐一会儿就回去吧。竺老说，要听您讲话。总理转身看见了刚出任七机部部长的刘西尧，忽然厉声说：西尧！你来干什么？刘说要听总理讲话。总理说，我的话你还没听够么？你那个地方乱成那个样子，不在那里坐镇，来这里何用？快回去！刘西尧只得提了手提包闷闷离去。这刹那间，大家还都站着，总理笑了笑，打个手势请大家落座。这一幕，我一辈子也忘不了。

大家坐定，总理发现迎面的第一排藤椅都空着没有人坐，便问：为什么第一排没人坐？后面的坐过来嘛！众笑。

见仍没有人带头去，便说：是不是我太官僚主义脱离群众，不愿意离我太近啊？气氛立时活跃起来，林巧稚说：总理这样说，我倒要坐到头排去了。一下打破了僵局，第一排很快便坐满了。总理见林巧稚穿了一件对襟中式小褂，便说：林大姐就穿这件去美国么？林说：怎么，不好吗？总理连说：好，好，服装早该换换样子了；哪里做的，我让邓大姐也做一件去。林说：改天我陪邓大姐去。

总理接过王海容递给他的接见名单。那次被接见的有五个代表团，除我们参加联合国教科文组织大会的代表团之外，有医学代表团、教育代表团，还有两个名称忘记了。总理一边看着名单，一边开始提问。在这类场合，或会见外宾，总理的习惯和作风是先问问题，作调查研究，然后才讲话；问答之间只作简短插话。今天也是这样。

总理在名单上发现有河南林县来的一位女医生，便叫她站起来认识一下，说：林县患食道癌的人很多，为什么？是饮食问题吗？研究过吗？有没有预防措施？那位女医生说是由于水质问题。总理请她说详细些。女医生打开了话匣子，周详地讲起林县的水质成分，兼及源流所经水系的成分，并与燕山水系作了比较。女医生讲得冗长而琐细，滔滔不绝，总理很认真地听她讲，一点也不打断她，还不时提些小问题。女医生讲完后，总理表扬她工作深入细致，说：食道癌对林县人民的生命健康关系至大，一定要想出克服它的办法；如果有人（指外国人）问有无克服办法时，应怎样回答？她说：还没有治愈的办法，正努力研究。总理赞同地说：对，要实事求是。

见名单上有一位"针灸"医生，总理说，针灸治病是有疗效的，但怎样把原理说清楚呢？那个医生讲了许多穴位上的效应问题。总理说，朝鲜有一种经络学说，你觉得怎样？他回答说有些道理，但不能解决根本问题，接着又讲了许多技术上的问题。总理说：科学的事，不要轻易下结论，宁可多作些调查研究；针灸是我们的医学遗产，应该由我们给以理论上的、能说服人的解释，可是一直还没有，建国已经这么多年了，中西医应该努一把力取得突破。

接着一个问题是：针麻的效果到底怎样？那位医生说：有一定效果。总理问：谢部长（卫生部部长），你说呢？谢说，有一定疗效，要看患者是否"得气"。总理大笑：什么"得气"？我要的是科学的解释；到了美国，人家问你，你说"得气"，这像话吗？我过去说过，你们做针麻为什么不敢在首长身上做，而只在小战士身上做试验？你还没有把握嘛！回答问题一定要实事求是，恰如其分。

显然，总理翻到了教育代表团的名单，便问，听说"复课闹革命"以来学生的学习成绩仍是不好，有人问起，你们怎样解释？小谢（谢静宜）你说呢？谢说，学生的成绩还是逐年上升的。她举出一些数字，说明学习成绩并没有因为"闹革命"而下降，反而由于"经了风雨，见了世面"而在总水平上有提高。总理听了，没有作任何评论，只说了一句：要实事求是。

在谈到大学教改问题时，总理问朱光亚，怎样理解应用学科与基础理论的关系问题。朱光亚大概说他个人意见是，应用学科是重要，但是缺少基础理论的支持是不行的。总理提这个问题是有的放矢的。当时，周培源等一些知名教授发表意见指出，现在有一种只重应用而轻视理论的倾向，这对于科学和教育的长期发展是十分不利的。对于这种意见，"四人帮"和他们的御用工具，立即以很大的气势批判为反对"教改"、轻视实践的错误意见，上纲很高。总理说，这实际上是理论与实践的关系问题；理论产生于实践，又反过来指导实践，两者相辅相成，不要把它们对立起来。据我的印象，从此这场"批判"就止住了。

总理问的事情不止这些。以上是我印象比较清晰的一些问题。我记忆中最深的，是他在插话中几次重复"实事求是"这几个字。

总理好问，这是我们很熟知的，常戏称之为"考"。有谁被派去作接见外宾时的翻译，回来的第一件事就是告诉大家总理又"考"了什么，被"考"的人是否"烤煳"了。记得有一次某同志作翻译回来就大叫"烤煳"了。那次是总理会见尼日利亚的外宾，在外宾到来前总理问他，你能否说出与尼日利亚接壤的邻国？他随口回答了几个，总理说不行，要从北至南一个接一个地说。然后就和他一起一个挨一个地数下来。

有一次我在现场。那是 1972 年 8 月 15 日，总理会见喀麦隆外交部长率领的喀麦隆代表团。在我的旧笔记本里也查到一条："总理今天下午 5 时半至 7 时半会见了喀团。总理精神那样好，真令人欣慰。总理在两个小时当中作了许多调查研究，特别是对非洲和喀麦隆的历史、地理、山川、河流、人口、交通、语言，涉及国际关系中的许多问题，给我们作出了善于学习的榜样。听说总理还在会见喀团之前批评了外交部、外经部的负责同志在签订经济、技术合作协定时坚持要写上保护人身不受'侵犯'等语是大国主义。"

会见时有过一段插曲。在谈到尼罗河的时候，总理突然问陪见的主管非洲事务的外交部副部长：尼罗河的发源地在哪里？这位副部长一时答不出，忙回过头问后排的亚非司司长，他也一时语塞。这时翻译没有翻，总理大笑，对译员说翻给外长听：我们主管非洲事务的副部长不晓得尼罗河的发源地，可见业务不熟。说着又笑起来，刹那间的尴尬局面就化解了。

被总理问住的时候是常有的，这几乎成了我们时常谈论的话题。一次在巴黎我驻法使馆，曾涛大使谈到他一次被问住的情况。大使回国述职，最怕的是总理发问，所以事前总要把驻在国的情况准备充足。一次曾大使回国述职，行前照例准备了各方面情况的材料，自以为足够了。不料总理提的第一个问题偏偏是曾大使没有充分准备的农业问题，"考试结果"当然未得满分。曾大使笑说，好像他专挑你没有准备的问题问。

"每事问"，是总理作调查研究养成的习惯。我这里只追记下零星的一些。我想，如果我们各级担任领导工作的同志，都能学学周总理的"每事问"，那就太好了。

1997年6月

关于陈翰老早年的一篇论文

陈翰老是我国世界史研究领域和国际政治研究领域的一位奠基人。恰在祝贺翰老百岁华诞之际，我拿到了一份他青年时期在芝加哥大学的一篇硕士论文的英文打字稿，那是他近八十年前的作品了。论文是对1912—1913年欧洲列强伦敦大使级会议的评述和分析。这次伦敦会议是列强分割阿尔巴尼亚的一次没有成果的谈判。文章的写法是小中见大，透视出的问题是战前巴尔干局势乃至第一次世界大战前奏形势的缩影。各有关大国的代表在会上的表演，这些国家在巴尔干问题上的意图，它们的动作，它们相互间的关系，半岛内外问题的交织，以及当时欧洲舆论的反应，都囊括在这篇文章里。治欧史的我，看到前辈对那个时代的分析，自然就产生了某种亲切感。

文章写成于1921年春，第一次世界大战结束才三年，战争的影子还很清晰地留在世人的印象里，所谓"凡尔赛体系"还没有完全建立起来，巴尔干仍然是大国争夺和划分势力范围的一个筹码。因此这篇论文合属于20世纪初的当代史范围。历史是今天的镜子，时代固然不同了，今天的巴尔干半岛纵使局势再乱、再紧张，也不可能引发类似的"世界大战"来；然而，这个半岛仍带着历史遗产，不断翻新着原有的矛盾和问题,以致谁也看不到了结的可能和前景。因此,八十年前描述的事情,在今天看来,并不显得生疏和遥远。"巴尔干"这个人人都熟悉的名词,哪一天才能给人一个新的印象呢?欧洲的中古史、近代史,20世纪的世界史,从来绕不过它。

在巴尔干这座以二河(萨瓦河和多瑙河)六海(黑海、马尔马拉海、爱琴海、地中海、亚德里亚海和爱奥尼亚海)为界的半岛里,从19世纪以来就一直有几股势力绞在一起;各种民族的、宗教的、领土的矛盾和冲突,无日无之,一发必动全身。更重要的,使这本身已十分复杂的局面更加尖锐激烈,并推向白热化的,是列强在这里的利益争夺;正如翰老文章所说的,"每一大国都或多或少地在巴尔干半岛有自己的经济或战略利益"。翰老在"巴尔干半岛"后面特意加了一个"同位语":"走向近东和远东的通道"。

任何一个欧洲大国都非常清楚,嵌在欧、亚、非交汇点的巴尔干在欧洲全局中具有怎样的历史、政治、经济、军事、战略和地缘的价值。于是巴尔干便这样背上了过重的压力。在这里,集中了泛土耳其、泛希腊、泛斯拉夫、泛日耳曼几股思潮;塞尔维亚、希腊、奥匈、意大利、土耳其、保加利亚等诸多势力胶着一处;希腊后面站着法国,塞尔维亚后面站着俄国,在这一团乱麻后面则站着英国。作为伦敦会议盘中物的小小的、分裂的、毫无权利的阿尔巴尼亚,竟成了一夫当关的巴尔干咽喉要塞,这里直接牵动着亚德里亚海,接着牵动着整个巴尔干的政治神经。文章再次画龙点睛:

在阿尔巴尼亚的争斗中,其意义全然不在阿尔巴尼亚;它只不过是列强争夺近东的占有权,并导向远东通道的大规模斗争的一部分而已。

当时欧洲列强的频繁外交活动,可谓治丝而棼;大到较远的1878年柏林会议,小到这次伦敦大使级会议,翰老均一针见血地讽之为"江湖郎中"式的会议,对患者的病灶不仅毫无疗效,而且在药膏的覆盖下让它变本加厉地化脓、感染、溃烂。巴尔干半岛只是大国赛场上的一个"足球",不管达成什么样的"协议",都无非是为了"大国的自私利益",对此,"欧洲大国是从来没有节制的"。那时,第二次巴尔干战争已然爆发,"协约国"和"同盟国"的对垒之势已经形成,整个欧洲正急促促地滚向战争深渊。在如此千钧一发的当口开个伦敦会议,也确实只能充当"江湖郎中"的角色了。

文章写的已是历史事实,分析和断语也早已为历史所验证。文章观点之鲜明、犀利,已显见翰老在青年时期的史才、史识和观察现势的敏感。

今天的巴尔干依然不安定,历史不会原样不动地再现,然而,抚今追昔,今天却常可见历史的投影。

另外,从这篇论文,还足可见翰老还在学生时期即十分讲究学术研究的规范化。言而有据,是作史的第一要义。翰老此文引述都有出处,无一语无来历,所作评论性断语,均持之有故,所以推理既自然、严谨而又可信。这种严谨认真的学风,是可为我辈学人师法的。

还记得早在50年代，陈翰老作为中国代表团成员出席芬兰赫尔辛基世界和平大会；我那时还很年轻，有幸与翰老分在同一个小组委员会（文化）里，翰老被推举为会议主席，原由我作翻译，但我水平太低，翰老就直接用英文主持了。几十年过去了，翰老当时风采，宛在目前。

翰老世纪学人，其人品，其学养，素为我辈深深仰慕敬佩。捧读翰老旧文之余，草成此读后感，借贺翰老百岁华诞，并祝翰老健康长寿。

想起一个外国老人

这是个美国老人，名叫约翰·麦尔比。20年前我认识他时，他已年逾七十，我五十岁刚出头。

麦尔比，今天的中国人知道他的肯定寥寥无几了，更几乎不会有人知道他当年曾经是受到毛泽东主席严厉批判的、有名的《白皮书》的起草人之一。尔后在美国的"麦卡锡主义"时期，麦尔比以"亲共"的罪名受到"整肃"，从此被迫离开政坛，在以后的几十年中一直在大学执教。

1982年中国刚开放不久，麦尔比以加拿大魁尔夫大学政治学系的退休荣誉教授的名义，给我国国际法前辈陈体强先生发来一封邀请信，请他到魁尔夫大学短期讲学。陈先生时已患癌症，去不了，便建议中国国际问题研究所派一个人去。所领导决定派我去。陈先生写了推荐信，很快麦尔比复信欢迎。我于是束装就道。

到了多伦多机场已是华灯初上时候，麦尔比的助手来接我，立即乘车去不过百英里之遥的小城魁尔夫。一个白发苍苍的老人在等我，他走路已略有些困难了。他就是约翰·麦尔比。

在魁尔夫大学，我和他共用一个办公室，所以闲聊的时间比较多。他陆陆续续地向我介绍了他同中国的"缘分"。1937—1949年，他先后受命到过墨西哥、委内瑞拉、苏联、中国等国，而且足迹走遍东南亚。然而最使他难忘的，是1945—1949年在美国驻中国使馆担任新闻专员的四年。中国抗日战争还没有完全结束，种种迹象已经显现出"国共内战"的危险。他说他之所以被派到中国来，有这样一个背景：美国国务院感到美国在中国的使馆报回的情况，对国民党政府指责太多，而对中共却每每有所"偏袒"；当时驻苏联的大使哈里曼认为急需派一个了解共产党的人去。国务院便派了正在哈里曼手下工作的麦尔比前往。

不料，麦尔比经过亲身观察，越来越觉得国民党日益腐败、专制而又无能，必败无疑；中共则朝气蓬勃，战场上节节胜利，终将取得政权。麦尔比观察中国的形势，天平不知不觉地倾斜了。用他常说的话："中国就是中国，谁也不要企图改变它。"他认为美国不应干预属于中国自己的事情。他带着这个"结论"离开了中国。

美国政府从1948年起已感到"援蒋"政策的失败，意欲"脱身"，不再无望地支撑蒋政权；但是又需要为"援蒋"失败作一番自我辩解，于是便有了国务卿艾奇逊的《白皮书》。麦尔比是完全主张"脱身"的，便受命参加了《白皮书》的编纂工作。不料在随后的"麦卡锡主义"盛行的时候，麦尔比被指为"亲共分子"，对美国不"忠诚"，因此和其他被指控的人一起被逐出国务院。麦尔比从此弃政从教，先在耶鲁大学任教十年；1966年移居加拿大的这座如同"世外桃源"般的魁尔夫，为这里的大学创建了政治学系。现虽已退休，但仍坚持上课。

魁尔夫确实是"世外桃源"，一座大学设在这里是教师和学生们的福气。加拿大是枫树之国，魁尔夫也是枫树满城。到了深秋时节，枫叶由绿变黄，由黄变红，五颜六色，煞是可观。由于人烟稀少，小松鼠自由自在地在草木之间嬉戏觅食，行人过往，小动物们毫不在意，停下来，瞪着一双小圆眼，向行人行"注目礼"。麦尔比选择了这个地方养老，真是个好主意。

麦尔比对中国最熟悉的地方，大概是重庆；那在当时是各方折冲樽俎的地方。他在这里结识了不少风云人物，有政界的，也有文化界的。在他接触的人当中，他印象最深的是周恩来的助手龚澎和王炳南；说龚澎才华出众，举止大方而洒脱，和她交谈，没有拘谨之感。龚澎和王炳南甚至在某种程度上改变了他对共产党人原有的印象，当然也因而影响了他对"内战"双方的看法。他不止一次谈到这些：龚澎、王炳南在他眼里就是中国共产党人的"缩影"；甚至于每当想到中国，首先出现在记忆中的，就是这两个人。

几十年过去了，麦尔比一直怀念着在中国认识的人。在《白皮书》受到毛泽东的严厉批判后，（中美）关系更加恶化了；他的心情至为复杂：他是执笔人之一，猜想中国再也不会对他有好印象了。

对于不久前结束的"文化大革命"，麦尔比感到十分困惑，弄不清中国将走向何处。他蜗居在僻静的小城，几乎看不到从中国来的人，对于他想了解的中国，他有一种完全闭塞的苦闷。"四人帮"覆灭后，中国宣布开放政策，他于是抱着试试看的想法，给他的老朋友陈体强先生写了开头说的那封邀请信。

我在魁尔夫期间的活动日程，都是他一手安排的。他说，我是他请来的第一个中国人，所以要充分"利用"我。他建议我讲中国近代以来发生的任何事情，特别是为什么会发生"文化大革命"，"改革开放"是怎么一回事。他说，这里的人，包括他自己，对这些几乎毫无所知。他安排我在他的课内讲，在他主持的"中国讲座"上讲，给"了解中国协会"的会员们讲，在工商界人士举行的招待会上讲……一位历史系的教授听说了，通过麦尔比邀我在她的课时内讲一次"改革开放"的前景。之后，她给麦尔比写了一个条子说，陈教授讲得 extremely well，能不能请他再讲一课。麦尔比兴奋地说："陈！你讲了些什么，使她那样赞赏！"

在"中国讲座"上，他向听众做了个"开场白"：以前他讲的都是过去的见闻，那些事虽然已是历史的陈迹，但正是那些经历把他和中国连在了一起，使他念念不忘曾经见过的人和物。现在中国有了新面孔，可是其间的变化还是陌生的；今天陈教授将要讲述的，一定会使大家感兴趣。参加座谈的大多是老年人，他们那种专注而好奇的眼神，今天想起来仍历历在目。那时，我们的国家和人民刚从"文化大革命"的浩劫中挣脱出来，我也正处在兴奋和殷切期望当中，因此这可能是我对麦尔比的安排以及各种年龄听众的反应印象特别深刻的原因。

差不多每到周六，麦尔比都驾车接我去他家过周末。别看他平时行动不大方便，驾起车来却敏捷如壮汉。他家是一座二层小楼，周围是一片草地，错落着几株枫树。时值晚秋初冬，落叶铺满了通道；麦尔比一边踢着那些落叶，一边自言自语说，没有力气去打扫它们了，就任它们去吧。他对我说，这座小楼里，只住着他和半身瘫痪的老妻。说时略有些凄凉。夫人是画家，客厅里摆着几幅她的油画。

麦尔比说，他一生到过不少地方，只有一想到中国，情感上便格外波动，经常想起此生是否还有机会再去一次中国，看看嘉陵江、正阳门箭楼……去会会他的旧交。一些曾在抗日战争和"内战"时期去过中国的美国和加拿大的记者——已都是六十开外的老人了——曾经聚会过一次，追念往事，岁月沧桑，不禁感慨万千，一致主张组团到"开放"的中国去旧地重游，麦尔比当然争取去。经过几年的筹备，这个团果然到中国来了，麦尔比本来是在名单里的，但可惜的是临行前他突然发病，他的愿望终于没能实现。

我离开魁尔夫时，麦尔比送我一本他写的日记体裁的书——《天命》(*The Mandate of Heaven*)，逐日记录下他在中国四年的观感。在后记里，他写道："中国的共产党人赢了（这场战争），因为他们正确地分析和理解了民众想要的是什么，并因此着手去满足他们的愿望……"我回国后的好几年内，我们时有通信，他的信总是手写的简单几句话，却不时流露出对中国的怀念之情和无缘再来中国的遗憾。有一次他来信，只有一句话：老妻病故，只剩下我一个人了。几年前突然音信全无，我给他写信，也没有回信。他是否迁居到我不知道的地方，或许已进入了"天国"？

2003年新年，照例收到许多贺年片，其中有些是外国朋友的祝愿；我忽然想起了这位善良的老人，心中不免有一丝怅然。

2003年1月10日

潇洒氓公

50年代初,我大学毕业一年后被派到维也纳的一个国际组织长驻,在李一氓同志的领导下给他做些翻译、秘书一类的工作。

我在学校里一向不大安于念"必修课",喜欢看些杂书、闲书,散漫惯了。初晤一氓同志以前,领导叮嘱我,一氓同志是一位资格很老的高级干部,要服从领导、认真工作,等等。这番话着实使我有些紧张。

到维也纳才落定脚,一氓同志就到我房间来了,随意地翻看我带来的书,发现里面有《缀白裘》一类的线装书,他似乎有些意外,笑眯眯地看看我,好像在自问:这后生居然看这类东西!一次吃饭时他突然问我:你背得出毛主席的《清平乐》么?我背了几句。他又问:念过杜诗么?……李商隐呢?渐渐地,我发觉,金戈铁马是真,但同时他又是一位嗜书成癖的饱学之士,谈吐之间都是学问。

一次还是从《缀白裘》谈起的,他滔滔不绝地扯起了元明曲牌,并且从苏昆讲到川昆、湘昆,从汉调徽腔讲到京剧源流,俨然一部中国戏曲演变史。于京剧,他偏好程砚秋,说程戏有文学意味,如《荒山泪》脱胎于《檀弓》的《苛政猛于虎》,《春闺梦》翻自陈陶的"可怜无定河边骨,犹是春闺梦里人",等等。80年代初他写了一篇《论程砚秋》的长文,发表在《文艺评论》上;随后收进他的文集《存在集》里。

我们在维也纳主要搞的是"洋务",经常开会。一氓同志参加这类例会时通常总带一本线装书去看,对无关紧要的事他好像没有听,可是只要一涉及中国或其他原则问题,他就会不管别人说什么突然插言,往往一语中的,语惊四座。一次例会没完没了地讨论一些十分琐碎的具体问题,隔壁房间正放映一部好看的儿童电影,他一下子站起来拔腿就走。主持会议的法国书记连忙大叫:"李一氓同志哪里去?"他手一指:"咱们都看电影去吧!"举座大笑,会就此散了。氓公以那种对大事举重若轻的大将风度,平时却那样富有真性情,在各国同行中享有很高的威信,就连当时的"老大哥"也不能不敬畏他三分。

不过,这类"洋务"占不了太多的时间,可以有相当充裕的时间去做自己喜欢做的事。相当长一段时间里,他曾很专注地根据宋、明几种底本校笺《花间集》,他做得十分认真,意趣盎然,时而用墨笔笺注校点,时而用朱笔圈圈画画。校勘的详细情况都记录在《花间集校后记及补记——关于花间集的版本源流》里。

谁都知道,一氓同志是北京琉璃厂旧书店的常客,在国外那些年也不例外。维也纳大大小小的旧书店,他都去遍了。每见到中意的书就买下来,先粗粗浏览一下,然后大部分寄回国内各有关单位。他向国内推荐的书是各种各样的,那时国内买国外的书很不容易,买西方出的书就更难了。所以我们这里实际上起了一种图书"转运站"的作用。一氓同志是很用心地做这件事的。他经常翻看英国友人寄来的新书目录，亲自圈选后再委托那位朋友购寄国内。在维也纳选好买妥的书，则多由我包装付邮。有时他还在一些书上写上三言两语的评介，和书一起寄回。

除一般参考书外，在我记忆中，他特别留意搜集两类书。一种是马恩著作的早期版本和毛主席著作在国外的首印版本。有一次发现了一件马克思的手迹，书店老板说是真的，买回后曾辗转请外国专家鉴定，都说是真迹。再一种是为了充实成都杜甫草堂的陈列品，搜集杜诗的各种外文译本。有一次在一家旧书店买到一本很旧的英文《杜甫传》，他写了如下几行题记：

《杜甫传》，英文本，一九二八年在伦敦出版，对著者及其内容，均不暇深考，仅插图乃采自吴友如画册，甚至有《红楼梦》画叶在内，可知著者中国知识之低劣矣。一九五六年初见于维也纳旧书店，亟购寄草堂陈列室，聊备一格。

80年代初在《一氓题跋》中辑入了这条题记。说实在的，在我所接触到的领导同志中，像他这样爱书、买书、藏书的，即使不是绝无仅有，也是很不多见的。《模糊的荧屏》（李一氓回忆录）的最后一章"过眼云烟"记录了他收藏之富。除了大量图书外，还雅好字画，特喜石涛，收集的古陶瓷、古砚石之类也十分可观。在维也纳客厅里也摆了一些古董、牙雕之类,他把空茅台酒瓶也放上两只,发现洋客人浑然不觉,他会露出孩子般的笑容。他为而不有,晚年把大部藏品分别送给了北京和成都的图书馆和博物院:"我的这点东西,对于我真是过眼云烟了。但它们依然是云,依然是烟,依然在北京和成都悠悠而光彩地飘浮着。我祝福它们的存在。"

氓公出使缅甸后曾有句:"缘来奉使成何事,携得妖娆几树花。"他对文事的挚爱,于焉可见。后来,他在任职中联部后负责全国古籍规划的领导工作,我觉得那对他最是如鱼得水、得心应手的事了。

氓公仙逝五年余,成此短文志念。

李一氓的悼潘诗

近时，电视台播放连续剧《潘汉年》。因拣李一氓同志1978年写的《无题》七绝一首：

> 电闪雷鸣五十春，
> 空弹瑶瑟韵难成。
> 湘灵已自无消息，
> 何处相寻倩女魂。

潘案平反后，一氓同志于1985年补记："为潘汉年同志作。"（按：潘汉年于1977年弃世。当时一氓同志只能以"无题"悼之。诗辑入《击楫集》。）

对于这首仿李（商隐）诗，一氓同志于1982年底潘案昭雪后撰文《纪念潘汉年同志》中解释说，第一句指1926年潘汉年参加革命至1977年逝世；第二句指工作虽有成绩而今成空了；第三句指死在湖南而不为人知；第四句指潘夫人董慧亦早已谢世。文章叙革命交谊和潘汉年的忠贞、英勇和机敏。文末大致摘引《离骚》，最后以"幸恕征引稍烦，仰当安魂之曲"二语终篇。读之欲哭。全文辑入《存在集》。

记得1955年与一氓同志同在维也纳时，他曾在摆龙门阵时谈到他在皖南事变后转去香港后又为躲避敌伪耳目，潜入敌占区的上海，在上海的马路上自己开着汽车到处跑。我说在敌占区一定很危险。他只微笑说，跟"捉迷藏"似的。据李文，那次自香港潜回上海正是潘汉年一手安排并与之同行的。又11月29日的《文汇读书周报》载文章中提到1955年李克农经过调查后向中央提出潘案反证等节，《为潘汉年平反》出版时已有所谓"潘杨事件"，潘已被怀疑，李文称他在1955年也曾被"追问"过潘是否有问题。联系起来看，一氓同志在维也纳讲"捉迷藏"可能就是被"追问"这段时候。

一氓同志的文章向来直来直去，但诗用李商隐体，在当时老友蒙冤未平，其心情之沉痛悲怆是可以想见的。

说实话，像这样的连续剧我并不喜欢看，把一个功高盖世的革命者整得不明不白，家破人亡，现在又编成戏文去讴歌，死者地下有知，是何滋味！

1997年12月14日

氓公的风格

李一氓同志离开人世已经十年了。他是我平生很敬重、很佩服的一位长者。我越是上了几岁年纪,回顾自己的过去时,越是觉得他给我的影响之深,可以说在不少为人处世的习惯上我不知不觉地都有来自他的熏染。我初次见到他是在20世纪50年代初的奥地利首都维也纳。

当时的奥地利属于战争期间希特勒德国的"盟国",处于英美法苏的军事占领状态,中国和奥地利也就谈不上什么外交关系。从中国奉派来这里工作的,不过十几个人,分散在世界和平理事会书记处、世界工会联合会书记处和世界青年联合会书记处等几个国际机构里工作。李一氓同志是世界和平理事会书记处的中国书记,带着我们三四个人。我们每天工作、生活在一起,相互间的了解和印象是自然而然地形成的,谁的脾气怎样、禀性怎样,彼此都一清二楚。

氓公是性情中人,十分本色、率真,这是熟悉他的人的共识,所谓君子坦荡荡,而且非常之有情趣、有幽默感。他向来不打官腔,不板着面孔说教,不摆老资格,对我们青年人不搞"耳提面命"那一套。那时候他是大领导,我是小青年,按说中间隔着科长、处长、局长等好几层,但相处毫无间隔之感。工作当然要认真,可是能看出一个人的真人真相的，常常是在工作以外的日常生活当中。在维也纳的那些工作，概括说来，一是与外国人开一些会，再是对天下大事、世界动向作些调查研究。这些事以他的水平和识见，实在不过是小事一桩。我在当时就深有一种感觉，觉得这样的工作，对于他来说未免"大材小用"。

伍公是老一代的革命家，但在我眼中他更是一个兴趣广泛的读书人。他读书甚多，尤喜线装书。他在维也纳期间，用心点校了《花间集》；几个版本摊在书桌上，圈圈点点，聚精会神。我在少年时代就喜爱"老古董"，因而对一伍同志的爱好自然觉得亲近。我们也常常谈起这类话题，自然是他说得多，我听得多。他诗书画都喜欢，言谈中我得出一个印象：诗词他最喜欢杜甫、李商隐、辛弃疾；画最喜欢石涛；至于写字，他的书法便是融合了古篆北碑的"李体字"。

他也看许多外国书，在维也纳常去旧书店走走看看。我们那一摊还做些关于国际问题的调查研究工作。伍公和我们几个人一样分担一个题目，认真地读书、做笔记、剪贴报纸。他分工研究英国工党，我分工研究法国社会党。我那些关于19世纪以来欧洲社会主义思潮流变的知识，许多是从他那里听来的。我曾想他真该到大学去当教授。

我们订阅了好几种英美法等国的报刊。看报，是我们每天必做的事情。他看报特重两种内容。一种是有动向性的新闻；再有是"书评"，什么地方出了什么新书，有什么评论，便随手剪下来。报上的副刊，时不时有些有趣味的东西，如英国报纸上的"essay"之类，他特别有兴趣。

一伍同志同外国人谈话，不少是由我作翻译；谈话的内容除工作外，大多属于"业余爱好"，题材海阔天空。说实在的，我作翻译从中学到了不少东西。举个例子，有一次在巴黎开世界和平理事会的执行委员会会议。氓公代表中国参加。会后特意去拜会世界闻名的物理学家约里奥·居里。居里虽然是世界和平理事会的主席，但并不出席会议。他住的地方很幽静，庭院深深，小楼一座掩映在花木丛中。氓公和他谈得自然而融洽，谁也不提会上的那些政治性的论争；话题都是中西文化问题。氓公说，中国和法国在文化上是"双美并"；文学、哲学、艺术各自是中西文化的代表。但是中国的科学太落后，以至直到今天还很不发达。居里说中法之间有三点可以相媲美。第一是烹饪，法国菜是西方第一，中国菜是东方第一；第二是绘画，法国有毕加索，中国有齐白石；第三是音乐，中法各有特色，难分伯仲。氓公和别的外国朋友交往，也常是因时常谈些艺术之事而相熟，人们都赞他是学识渊博的人。

我得益于氓公者还有一点可说，就是写文章的方法。在维也纳写回的报告，有许多是我写初稿，经他修改再由我抄清寄出。在这一改一抄之间我受教多多，最重要的是我懂得了删繁就简难于锦上添花的道理。

一氓同志逝世十周年之际，出版社再版了他写的回忆录。据说原来的书名《模糊的荧屏》径改为《李一氓回忆录》了。对此，我是有些看法的，因为《模糊的荧屏》作为书题是他生前定的，自有他自己的道理，这一改，实则实矣，却失去了原来的意境和韵味。他这一生，金戈铁马、万里长征、地下工作、内政外交，直至晚年负责古籍整理的工作领导，所见者多，所历者广，其间对人生体悟之深，诚非常人可比，自有其未能已于言者。晚年（1985年）有《岁暮》一诗云：

> 西风彻夜不成眠，
> 一梦迷离断欲连。
> 旧事稍嫌频入梦，
> 何如新梦逐时添。

这首诗是不是可以作为"模糊的荧屏"的一个"注脚"呢？一氓同志写书全靠自己动手，不劳他助，所以文字风格一如其人地爽直而简约。写到后来，可能由于年高体弱，许多重要的往事没有来得及摄入"荧屏"，这对于读者来说未免是件憾事。不久前读到何方同志在《百年潮》第五期上发表的纪念文章，比较全面地回忆了李一氓同志的为人和对国际问题的若干观点。这篇文章启发了我就氓公的为人做事的风格写出了我的片断追忆，作为对我所尊敬的这位前辈的逝世十周年祭。

2001年10月

送别李慎之

2003年4月22日上午10时05分,老李(自从我认识他之日起,一直称呼他"老李",今仍其旧)远行,一下子再也看不见他的身影了。然而他的思想,他的精神,他的人格,永远是活跃着的。他走得越远,离去的时间越久,人们的思念将会越深,越会感到他所留给世间的是一笔独特的、无价的精神财富。

老李一生阅历既广,坎坷尤多;于国事、天下事之思绪,有如浩瀚大江,汹涌澎湃,不可止息。积数十年的种种切身体验,晚岁痛感斯土斯民命运攸关之所在;为之上下求索,思之、念之、忧之,凝为痛切之心声,发为肺腑之呐喊,著为传诵天下之巨篇;无时不忘民族复兴之关键最终在于民主制度的确立和自由思想的开张,屡言中华民族需要启蒙和新生。

我比他小六岁,视之亦师亦友。在中国社会科学院时,他是副院长,我是同期的西欧研究所(今称欧洲研究所)所长;他主管所谓"国际片"(即几个研究国际问题的研究所的合称),是我的顶头上司。但他向来不像一个"官",级别不低却不会做"官";与大家相处,毫无"上下级关系"之一说,彼时副院长并无专职秘书,我们到他的办公室,无须事先通报，破门即入，可提问，可讨论，可谈笑，从无隔碍，扫尽一切官场积习。但他自有自己的"领导艺术"，那就是对各种问题滔滔不绝地发议论，如果是有心人便会从中受到启示。我即因此受益不少。仅举一例，一次与他谈及社会科学院的国际问题研究如何区别于政府职能机关的研究，我们不约而同地提出一个问题：一个国际问题研究者在社科院该具有什么条件？在交谈中他说：他首先应该是个"通才"。这句话点拨了我心之所思，由此我开始探索把国际政治与文史哲相结合的思路。

老李一生中最闪光的时期是这最后二十余年。"右派改正"以后，他决心要把由于政治运动而损失的岁月找回来，尽自己最大的可能，以最充沛的精气神，调动他几十年来的丰富的生活体验、深刻的人生悟解、坚实的学养，投入到中国社会科学院的领导工作中去，用开放、开明的眼光去指导"国际片"的学术研究，尤其关注研究人员的成长。他从来不干"命题作文"那样的事。也许这在常人看来是件怪事：他并不谋求当一个"研究员"，更不要说什么"博导"，可是尊他为师的却遍及禹域。他对创建美国研究所情有独钟，对他领导的"国际片"关心备至；这一点，有关各所所长们都有各自的体会。

在1990年退休以后，他的思想和精神世界进入了新的境界和高度，进入了更深层次的对历史、现实和未来的全面思考。我同他的频频交往中，时时感觉到他的思想在不停顿地深化，甚至是飞跃式地进展；在对民主和自由的问题上已成系统。晚近若干年，他在"小中风"后体力衰弱得很明显，加上头痛、颈椎痛、重听、眼疾、腿脚不灵,十分痛苦。但这都丝毫没有妨碍他思考问题,不时提出振聋发聩的见解,在在体现出他念兹在兹的对民族、社会和人类前途的驱之不去的关怀,在在表现出他廓然而大的理论勇气。

老李国学根底深厚,对中国传统文化知之甚深,这源于他的"幼工",绝非一知半解"强作解人"而大谈弘扬民族文化之辈可比。正因如此,他对传统文化通不到现代化的问题理解至为深透。晚年他把"传统文化"和"文化传统"区分为两个性质不同的概念,指出中国的历史"文化传统"说穿了就是从上到下的"专制主义"和从下到上的"奴隶主义",此论甚为深刻,具有很大的理论意义;可以说是对顾准批判"史官文化"的进一步提炼和延伸,由此引发出中国现代化进程必须实行真正的民主和充分的自由。去年年底,他在电话里跟我说:我没有几年可活了,我余生唯一的、最重要的任务,就是"为民主而呐喊"。

我写的东西,包括一些小文章他都看,而且很快把他的评论告诉我,或赞许,或批评。我有一篇短文,讲"陈序经和中西文化"。他见到我说:你胆子不小,敢认同陈序经,他可是"全盘西化"呀。我在研究工作之外的短文,多是小品文式的。我素喜明代三袁和张宗子,习惯于含蓄的文风,不擅长飞扬激越,总想把结论留给读者。他对我这一点常提意见,说:你的文章太短、太含蓄,也就是我这样的人能看得出你的"微言大义",一般谁看得出?!当我谈到不赞成某美籍华人学者语焉不详地说什么中国儒学"启发"了欧洲的"启蒙运动"的说法时,他说:你就该写一篇3000字的文章，以"思想家"的姿态驳斥他。

近一年多来，他显然更见老了，我也是病废之身，见面聊天的机会少了，不过改成了通电话。我们在电话里讨论的问题之多之广，夸张地说是"百科全书"式的，想到哪里说到哪里。回想起来，在海阔天空中，却也有一条线可循，如传统文化与现代化、全球化、东方文明与西方文明、儒道释、基督教神学与科学、各种"主义"（马克思主义、共产主义、资本主义、社会民主主义、"后现代主义"、民族主义……）、盎格鲁-撒克逊文化和欧陆文化、胡适和鲁迅、世界大势、人类前途，等等，都是些大问题；而归根到底，都归结到民主的制度和思想言论自由这条路上去。老李讲话喜欢"发岔"，一个话题说到半路就"岔"到别的话题上去，话题的转换只能跟着转。我们又都是聋子，以至每次电话长者非五六十分钟莫办。现在老李走了，细想这些"电话讨论"的内容，感到十分珍贵。如果当时记录下来，加以整理，那无疑就是一套相当完整的"李慎之思想录"。了解老李的人都能想见，这种"对话"，总是老李"主讲"，我只有插话的份儿。他虽然对自己的看法颇为自信，却不耻下问，所以当他问我一些事情的时候，如问我伏尔泰怎样说、康德怎样说、莱布尼茨是否真懂"儒学"之类的问题，就轮到我作"主要发言"了；不过话犹未了，他就如瓶泻水般点评起来，而且不免又"岔"到别的问题上去了。

老李的思想为什么这样丰富，固然主要是由于他的过人的天赋和学养；但他关注别人写了些什么，说了些什么，也不无关系。凡他觉得有些新意的文字，不论是谁写的，他都保存起来。我常听他说某地的某个小青年写了一篇好文章。他的书房里摆着许多纸口袋，里面按人名装着他们的文章和剪报。这许多人中，有的是相熟或相识的，有的则根本素未谋面。他的朋友，真可说是来自"五湖四海"。他行年八十，精神永远年轻、永远开朗、永远是"苟日新、日日新、又日新"。他对历史是反思的，对现实是批判的，对未来是乐观的。

老李为人非常本色，是性情中人，待人以诚，通体透明。我长期生病，他是很关心的。后来我病体转重，发展为"尿毒症"，每周三次"血液透析"。他的问候很别致，完全是"李慎之式"的，既不嘘寒问暖，也不说安慰的话，而是单刀直入地问：你只需告诉我，你将来会是怎样死法？是像××那样缓慢地死去？还是像×××那样突发心脏病死去？我笑笑：我大概属于前者。他也笑着说：行，我明白了。接着严肃地说：你的病比我严重得多，保重。

我最后见到他，是在朋友间的春节聚会上；与往日不同，他的话明显地少；对其他人的闲谈，时有一种漠然的表情，他似乎有些累，只是食欲还好。他早已扶杖而行了，而那天步履更见艰难，几乎是"蹭"着走的。我心里有些发紧。过几天，他来过一次电话，这是最后一次电话，问我对丘吉尔怎样看。他又在想什么新问题了。

不料还不到两个月，他竟真的走了，一个众人的真诚朋友走了，一个继顾准之后的思想家走了。对于我个人，则少了一个知音。

肯定地，在不久的将来，我们将在另一个世界重逢。今

天我谨以此文为他送行,并摘录陆游祭朱熹文敬献于灵前:

  路修齿髦,神往形留;
  公殁不亡,尚其来飨!

             2003年5月7日

记老李

老李（慎之）走了三年多了，在他西行启程时，我曾以《山高水远望斯人》一文送别（刊于 2003 年的《随笔》第四期）。然而，他似乎没有渐行渐远，在我脑子里的记忆中，时不时地跳出来一些交往中的情形，遂择其一二，顺手写下，聊补前文之意犹未尽。

我与老李第一次相识，是在上个世纪 80 年代初，我刚从外交部的国际问题研究所调到中国社会科学院西欧研究所（现欧洲研究所）；老李先于我一些时候从新华社到中国社科院任美国研究所所长。

80 年代初，社科院新成立了几个国际问题的研究所，美国所和西欧所即属于这样的新所，都正值草创时期。一天上午，老李到西欧所来与主持西欧所工作的施谷同志谈一些建所的实际问题；他们是革命根据地时期的老相识，到革命根据地之前分别在清华和燕京读过书，在那里算是"大知识分子"了。中午，施谷叫上我和老李一起在西欧所的食堂吃午饭，这是我第一次见到老李。创办新所最大的问题是人手不够，需要赶快"调人"。我是施谷"挖"过来的；老李说他正在办把资中筠"挖"过来的事。当时十年浩劫刚过，"改革开放"提出不久，大家都有一种要把失去的时间追赶回来的急切心情。后来从施谷和别人那里得知老李的坎坷经历，他自己也从不讳言长期当了"右派"，到"改正"时已是五十五六岁的人了。

从此我们在社科院内成了"同事"，他随后当了副院长，我做了西欧所所长，接触的机会便多了。

接触多了我发现他是一个"与众不同"的"领导"，按照通行的"官衔"，副院长是"副部级"，但同他交往，怎么也看不出有个"副部"的样子，他自己也说根本不会当"领导"。有时故意打点儿"官腔"，但总也不像；因而不免被有经验的"下级"所问倒。我找他去"请示"工作，到他办公室便"破李慎之门而入"，用不着先通过秘书约时间；他也没有专职秘书，许多事都自己动手。

初识他的文采，是由于他送给我一份油印的材料（彼时尚无电脑），封皮上标题：《钱锺书先生翻译举隅》。下半页是他写的几句"编者前言"：

> 钱锺书先生当代硕学，其博学多闻，覃思妙虑，并世罕俦。世人咸知先生通多国文字，顾先生鲜有译作，唯于著述中援引外国作家之语类多附注原文，学者于此得所取则。唯零金碎玉检索不易，爰特搜集成册，以便观览。后生末学得窥云中一鳞，证月印于千江，则此帙之辑为不虚矣。

这样的文言文在我们"国际片"里是很少人能写得出的。《举隅》就是把《管锥编》和《谈艺录》中英两种文字对照的语句摘录成册。我问他是否打算发表,他说不,只油印若干份给同好者看看。然后他示意如添齐法、德、意,乃至拉丁文,那就丰满了。我确有意把法文补上,西欧所有懂德、意文的,但绝无这种兴趣。我因事忙,法文终于没有补上。存此一帙,竟成永久纪念矣。

老李作为副院长分工主管"国际片"各所(即世界经济与政治、美国、西欧、苏联东欧、日本、亚非、东南亚、拉美八个研究所)。每隔一段时间,他便根据当时时局延请一些对相关问题较有了解的人来给各所所长讲讲,然后大家讨论,起一个互通信息,把世界各地重点问题串通起来的作用,减少了各所各司其事、不谙全局的偏颇。

他很看重"国际片"的文风问题,常说把文章写得"清通",是做研究工作的起码要求。他常举老先生的文风为例,认为在社会科学方面,文章写得最好的是费孝通先生;在哲学方面,文章写得最好的是冯友兰先生。说他们的文字深入浅出,没有"疙瘩",非常顺畅。

他提倡学术自由,从不干预各所的具体问题,给各所以完全的自主权,更不做耳提面命和命题作文那样的事,而是经常地思考一些带有世界全局性的大问题,传达给大家。80年代初我随他访问美国,其间他突然对我说,他感到世界性的人口素质差异问题终将在某一天会成为冲突的根源。当时我对此问题没有思想准备。后来想想这确是个全球性带有趋向性的问题。试看今天的世界,特别是"冷战后"的变化,以及亨廷顿讲"文明冲突"的文和书,等等,再回想到他早时说过的话,会感到他所思之广,实际上在他的脑子里已经有了尔后亨廷顿提出的问题。他在90年代初提出"全球化"问题，在中国即使不是最早的，也是罕见的。可见是他思考和观察很长时日的结果，绝不是出自一时兴起。

一次他问我，研究国际问题的人应是怎样的人。我顺口答道：首先应是"通才"。他很赞成，说：国际问题似易实难。后来我写了一篇题为《拓宽国际问题研究的视野》一文，大意就是国际问题的研究需要与文史诸学相结合，即要有文史底蕴，不能满足于材料堆砌，讲"国际故事"。他看到后表示赞同，并说，我的文章只讲了学科的结合，应该还讲出学科的区别；文史是文化学养问题，"国际"是眼界问题，加在一起才成为"通才"。

熟悉他的人都知道他是一个很健谈的人，朋友间相聚，只要有他在场，就是他"包场"了。不过他非常讲长幼有序的"礼数"，座中如有比他年长的，他是绝不会"造次"的。如果是平辈间争论，则非争到底不可。

他同我闲谈的时候很多，东拉西扯，大部分都忘了；而且是他说的多，我听的多。但要求我为他做的具体的事只有一件：他知道我喜欢康德，要我给他摘录一些康德关于"自由"的观点，说实话，这是个不容易完成的"任务"，因为康德的东西是无法摘成语录的。但我揣测他可能正在思考"自由"这个理念在文化史上的来源。我认真地摘了好几段我认为最能反映康德有关"自由"的观点的话。他说："自由本是人人可以懂得的东西，康德却说了那么多！"

晚年他很重听，我也聋了，每次打电话时间都很长，聋子对话，声音特别响，内容总是他正在想什么和看到了我写什么。他对我写的东西的最大的批评，就是太短、太含蓄，他说：你为什么那样"惜墨如金"？一篇说理的文章，没有三五千字是说不透的，可是你总是话留半句，你的观点我都赞成，但也只有我才能看出你的下半句来。我说我的文风变不了了，写不了很雄辩的长文章，怕是性格使然吧。一次在电话里我跟他说某名声很大的美籍华人学者在北京某会上含糊其词地说似乎中国儒学对欧洲的"启蒙"起了启发作用，我很不赞成。他大声说：你就该写一篇五千字的文章，以"思想家"的姿态批评他这个观点！我说我已在不止一篇短文中讲了我对这个问题的看法了。他说"太短"，并再次说也就只有他才能看出我的意思。我说我最近写了一篇关于英国思想家是法国启蒙时代的"启蒙者"的文章，举了伏尔泰、孟德斯鸠、狄德罗等人如何受到英国影响的例子。他说已看到了，你可能是很少数的人明确地这样说的。但是我希望你针对那位美籍华人学者的话再写一篇，要点名点姓。然而我太懒，终于没有写。中国的孔儒之学对欧洲启蒙时代产生了如何如何大的影响之类的说法，在中国和国外一些人当中相当流行，至今不衰。中国人热衷此说大半是因为这样能给老祖宗的脸上贴金，自己也觉得"光彩"。老李很注意这个问题。他有一次对我说，听域外某公说，最近一位诺贝尔奖获得者说，孔儒之学在未来的世纪中将引领世界潮流（大意），而且上了报纸，他问我怎么看。我说，即使有人说了这么一句，又怎么样？他说，那也要弄清楚是不是有人说过这样的话。很快他从某公那里拿到据说刊登了此语的几份法国《世界报》，让我看看。我仔细看了几遍，也没有找到有关"confusius"的一句话。总之，我觉得在许多类似的问题上，老李是我的"知音"。

确实是，我写的东西，他都看，还不时地在电话里发表评说。他看到了我写的一篇《陈序经与中西文化》，打电话来说："陈序经可是'全盘西化'啊!"因为那段时间正是所谓"西化"被"热批"的时候。他说，你的文章我都剪下来放在一个口袋里了。我有一篇不关痛痒的随笔，里面用错了一个典。很快就有人指出并客气地说，也许作者"腹笥宏丰，别有所本"。某日，老李到医院来看我，笑眯眯地从衣袋里掏出一小块剪报（即批评我的那篇文章）拿给我看。我说：我看到了，是我错了。他调侃说，那你不是"腹笥宏丰"？我说，所以没有"别有所本"。相与大笑。老李卧室里有张木床，整齐地摆满了一叠一叠的牛皮纸信封，从报刊上剪下的文章或资料，分门别类地分装在这些纸袋里，袋上注明是某人某人的文章。他剪收的文章不拘作者是否知名，年龄大小，身居何处，只要有参考价值，无论是他赞成的还是反对的，他都不拘一格，成为他"思想体操"的资源。所以，他每提出一个振聋发聩的观点，都能贴近和反映大众的心声。他的文章独具风格，却绝不是放言空论。

《风雨苍黄五十年》是他的暮年压卷之作。细读这篇满怀"与时俱进"精神的文章，凡有良知、不存偏见的人都不能不为他的忧国、忧民、忧天下的情怀所感动。他退休后的十多年是他生命中最闪光的时期，所思所想莫不是为了国家、民族的进步。他常说，他的文章无一不是经过一番"动心忍性"写出来的。访问德国期间曾得了"小中风"，以后身体随着年龄的增长，明显地每况愈下了。但他的思想依然年轻而活跃，在住进医院前在电话中听到他洪亮而有些口吃的声音：我只想做一件事，就是为民主呐喊，为民族的启蒙呐喊。接着他冷不丁地问我：你对丘吉尔怎样看法？我一时回答不出，他把电话挂了。我至今弄不清他为什么问这个问题，他的思想又"飞"到哪里去了。他进了医院就再也没有出来。这个问题就成为他最后跟我说的话。

不久前，一个偏远地区的青年教师在电话中对我说，他很敬佩老李；如有机会到北京，他定要向老李的遗像三鞠躬。

盛唐诗人高适有《别董大二首》，谨录其一，以结此文：

千里黄云白日曛，
北风吹雁雪纷纷。
莫愁前路无知己，
天下谁人不识君。

2006年4月

李慎之去世五年祭

这些日子在写"启蒙札记"时，时常想到一个人，他是李慎之。不知不觉他已经走了五年了。一个人撒手而去之后，活着的人每每觉得时光过得特别快。他生前最后的十几年写了许多文章，特别神采飞扬，好像他一辈子也没有写过这么多，这么痛快。之所以想起他，部分原因是他最后几年常常要提到"启蒙"和"五四"，说余生都要为中国的启蒙做些事情。至于来世嘛，他说要做个中学教员，编"公民课本"，教"公民课"，那也还是属于"启蒙"的事业。谁都知道他是个忧国忧民忧天下的人。对于自己的社会和民众，他特别感到愚昧得可怕和可憎。

他很知道我对"启蒙"的痴迷，从来不赞成那些否定"五四"精神的言辞，所以常谈论这方面的话题。记得舒芜先生写过一篇《回归五四》，差不多时间，他也写了一篇，题目叫《回归五四，重新启蒙》，后来又写了一篇《回归五四，学习民主》，谈鲁迅、胡适和启蒙。鲁迅，我所尊者也；胡适，我所重者也。不论他俩有什么见解不同，都是"五四"精神、启蒙精神的先锋。没有他们这样的人，中国至少在知识界里便没有光亮。在后一篇文章中，李慎之写道："什么是启蒙？启蒙就是以理性的光芒照亮专制主义与蒙昧主义的黑暗。"

李慎之对"五四"运动有句评语，我在他的文章里好像没有见过。他似是说"五四"的作用是对旧制度、旧思想、旧文化，只擦破了一层皮。那没有说出的意思，是还要深入下去、持续下去，才能触及旧文化的顽固的筋骨和细胞。旧的东西是很顽强的，它在不同时期可以僵而不死，可以死而复生，或者借尸还魂。

最近，有位朋友问我："启蒙"包括哪些内容？这是一个典型的中国式的问题。如说某先生是我的"启蒙"老师，某事有"启蒙"意义，等等。这都是正面的，泛指"从糊涂到明白"的过程。近几年有一种从反面看"启蒙"的声音，大可怪异，大体来自所谓"后现代"的特殊思维。他们说今天是何等时代，还要"启蒙"作甚？他们似乎把什么都看得很"明白"了。更有甚者，竟有说"启蒙"的思维，以理性为基准，发展下去会走向"专制"和"独裁"！我倒真的从"明白"变"糊涂"了：明明是通向自由和现代化的"启蒙"，怎么反倒通向了"独裁"呢？我不想弄"明白"这类有如病人发烧时的谵语，我还是认"死理"：康德说，启蒙就是从一切"迷信"中解脱出来；黑格尔更进一步说，启蒙与（盲目的）"信仰"是对立的，具有"真理性"。我们的严复说他翻译西书是为了"开启民智"。这些都是说，在这些古人的思想里，"启蒙"是前进性的，是推动先进文明的。在我国，"五四"以后一路下来，历经沟沟坎坎，进进退退，但是不能否认，中华民族的命运必定押在是否"从糊涂到明白"的进路上，而不是相反。

人类的历史，从远古到如今，归根到底是人类"从糊涂到明白"的进程史，是持续的、反反复复的"启蒙"史。我不是所谓的"文化决定论者"（启蒙该属于"文化"吧），世上没有哪一个单项的东西可以"决定"一切。然而我确实非常担心：缺失了文化，社会和制度会怎么样？没有自由精神的民主制度能否成立？且不要对所谓文化问题那么冷嘲热讽、那么厌恶吧。我们真的需要精神的、思想的营养。在我们迫切需要制度的改革的时候，"文化"是逃脱不了责任的。

李慎之这一辈子实在坎坷，没过上几天好日子，政治运动耽误了他几乎大部分壮年岁月。当他有可能稍微做点事情的时候，已经接近老年了。在社科院当所长、副院长的那些年，他用了全部力气投入工作，要补回失去的时间。退下来的十多年他的光彩充分发挥出来了。他的天赋和阅历使他对世事洞若观火，他的责任心、使命感叫他不能丝毫忘怀国家民族的命运。他的思想长了翅膀，年轻、有力、敏锐而执着，那样具有批判性和前瞻性。他拼了命似的为民主自由在中国的土地上生根成长而鼓呼。一次他说，他每篇文章都是经过一番"动心忍性"写出来的。

我因为正在弄"启蒙"的材料，所以想到李慎之也就只联系到他对中国启蒙的期待和信念。实则他关注的事实在太多，到了晚年，一切事关民族苦难和对未来的悬念都积郁心中，一发不可收。他在76岁的时候，写了一段"自述"，我抄在下面，以纪念五年前离去的这位"启蒙思想家"：

> 我还是一个胆小鬼。80年代，我虽然也在若干全

国性的学会当领导，出席各种学术会议，高谈阔论，但是并不敢写什么文章，原因只是因为心有余悸，怕让人抓住把柄。90年代开始，有时也敢写点文章了，然而瞻前顾后，不敢尽词，而且一年顶多也不过一两篇到五六篇。因此至今还没有出过一本文集，虽然倒也时时为别人的文集写序。现在的计划是：到80岁的时候，写一篇《八十自述》，再把近年来的文章编一个集子，也算是活了一辈子的纪念。我虽然历来主张学有宗旨，但是因为自己学无专长，写作范围十分散漫，不成体系。只有一个大体上的中心，即总是为中国的民主自由呼号。这是来源于在中学时代受康德的一句话的影响：以提高人的地位为平生志愿。

这段不算长的文字，完整地反映了他的晚年，也可说是一生的写照。他差一年没有活到80岁，因此没有按计划编成自己的文集（幸好他身后好心人为他编辑了文集）。他的文章的读者老中青都有，尤其是各地的青年人，因读他的文章而受到启蒙和启发的，不知有多少。此所谓：

莫愁前路无知己，
天下谁人不识君。

2008年4月中旬

半个世纪前的珍贵记忆
——纪念吴达元先生百年冥寿

上个世纪 50 年代初,我进入清华园,即在吴达元先生等教导下读法国语言文学。吴先生教的课是最多的,从文法、修辞到文学选读,都是他教的。

那时清华大学的外文系侧重文学,把"语言"作为通向文学的"工具"。我体会当时清华外文系的教学方针的确是这样的;吴先生讲文法修辞、讲文学选读,都体现了这个精神。例如讲文法(现在叫"语法"),不是单纯把它讲成语言的结构技巧,而是结合含有文学意义的例句。我们急于能张嘴说话,吴先生说,这没有错,但首先要打好文法的基础,才能讲正确的话。

吴先生之重视文学,我深有体会。那时设有文学史的专门课程,但听先生的课,无论什么课,都会联系上文学史。我能了解一些欧洲的特别是法国的文学史,大半是听吴先生讲的。以后再读文学史方面的书,就没有隔膜之感了。

文学与历史是联系着的,不单纯是辞章之美;不联系时代背景只讲某人的某文,那修辞之妙,恐怕也较难体会得到位。

记得先生讲都德、莫泊桑、雨果,等等,都像讲历史故事一样，很生动地叙述了时代和社会。

他讲课是投入了自己的情感的，讲左拉，那句略带广东音的"J'accuse！"（我控诉！），我印象至深，19世纪末发生过的有名的"德雷福斯冤案"从此刻在我的记忆里。先生讲课十分专注，时时"陶醉"其中。一次他讲维克多·雨果的一首长诗 *La Trcstessed'Olimpio*（《奥林匹欧的悲哀》），用了好几个课时，故事的情节我早已忘得干干净净，但诗中有对爱的激情，有失恋的凄婉，却有印象，而吴先生充满感情的入微的对人物内心曲折委婉的分析，是我至今不忘的。

那个时候没有统一的"教材"，教授选用什么教材，是有相当大的自由的。如法文文法，先生选用的是 Fraser Square 编的 *French Grammar*。这本书是英美学校学法文的文法书，我们班级的学生都有英语的基础，用起来可以触类旁通，而且都附有文字优美的短文，以引起学生学习的兴趣。第一次上文法课，吴先生抱着十来本 *French Grammar*，发给我们人手一册，说是以他的名义从图书馆长期借来的。雨果那首长诗也是从图书馆借来人手一册的。我当时颇惊奇于清华园图书馆藏书之丰，与教学联系之紧。

那时的师生关系很密切，吴先生每隔一段时间便把我们十来个学生邀集到他家小聚。他住在新林院一座小楼里，冬天在客厅里，夏天便到外面的草坪上，话题很随便；先生总要讲些他的经历，一如他所钟情的莫里哀戏剧……这是另一种授课方式，使人怡然自得，有如坐春风之感。谈至兴浓，吴师母便拿出"鱼生粥"一类广东小吃来招待我们。这样的雅兴现在也许很难想象了，那时我们只十人左右，今天每班学生总有数十，甚至上百，这样的"小聚"恐怕太不容易了。且居住环境已然改观，清华大学八十周年校庆，我们几人特意去寻访新林院田地，那些小楼已破旧不堪，草坪已变成了后来的新主人们自盖的"厨房"或"储藏室"了，简陋得不堪入目。

我初到清华时的好光景并不太长，很快，政治风暴渐渐袭来。在知识分子"思想改造"运动中，吴先生也同其他老师一样第一次受到了"批判"。清华的早期文化传统受到了冲击，从此似乎断了线。随后，清华文学院师生均并入北大。

这一切距离今天已经半个多世纪了。吴先生讲课时的音容笑貌还如在目前。我离开大学后服从"组织分配"到了"外事部门"，改革开放后从事学术研究至今，虽然没有做西洋文学方面的工作，但在大学里受业期间打下的相当坚实的西方文化基础知识，其润泽之效使我终生受益。

吴达元先生给他的几代学生留下的最深刻的印象，我认为除了传授知识外，是他对待教育事业的热忱，全心全意地、一板一眼地对每一堂课负责；他做外文系主任，同样是全心全意地去尽一个系主任的职责。

吴先生没有留下很多的著作，然而我认为评价一个教授的工作，第一位的应该是他作为一个教育家对教学的态度，是他给学生传授了多少知识。吴先生把可以写成书的东西都已经讲给几代学生了。例如，如果当时有录音设备，把吴先生全神贯注、满腔激情地讲解雨果那首长诗的情景录下来，肯定就是一部很精彩的文学评论著作。

值此吴师百岁冥寿之际，谨以此短文，敬为心香之祭。

2005 年 6 月 1 日

本文曾收入《吴达元先生百年冥寿纪念文集》

记曹禺与德国作家的一次会晤

《文汇报》笔会版刊登三则曹禺家书，活脱脱地再现了一位有着火样的热情、生性善良、孩子般天真的真正的作家。

忘记是1980年还是1981年，当时我还没有离开"对外友协"。一次，我负责接待一个由联邦德国五个作家组成的代表团。里面有位剧作家，名字忘了，他是法捷耶夫的女婿。他读过曹禺的剧本，很欣赏；于是要求见一见曹禺。

某日，五个德国作家和曹禺在友协的会客室见面。曹禺非常放松，跟他们谈莎士比亚、谈莫里哀、谈歌德、谈布莱希特；也谈梅兰芳、谈郭沫若、谈老舍……曹禺谈兴愈来愈浓，德国作家非常入神；尤其是那位法捷耶夫的女婿（我真不该忘记他的名字！）简直入了迷。听着听着，他竟单腿跪在曹禺的沙发旁，双手放在曹禺的腿上，专注地仰视着。曹禺完全陶醉在古今中外的戏剧里，继续轻松而又酣畅地谈着，不知不觉地一边谈一边用一只手抚摸着跪在身旁的这位洋后生的头。我自参加外事工作以来，不知安排和参加了多少与外国人的多种类型的会见和座谈，像这样轻快自如、别开生面的会晤，我从未见过，以后也没见过。我猜想那可能是曹禺心情十分宽松的时刻；不过这种时刻太短暂，再过几年他就病倒了。

曹禺像一座被压住的火山,他应该获得想笑就开怀大笑,想哭就放声大哭,想叫就无拘束地大叫的自由。但他长期被剥夺了这种一个自由人应享有的权利。所以一直到死,他都没能放开;一种本该解放的个性,被压抑了几十年。

1998 年 12 月 21 日

追念董乐山

董乐山走了。他是翻译家,我更愿称他是一位"人文学者"。对于他的逝世,我感到非常悲痛。

他一生勤于笔耕,即使在长年重病期间也不曾放下笔,直到最后。仅仅把他一生译著的题目列出来,也需要很长很长的纸。最近,一些老朋友聚在三联书店,一起追思死者的才学德识,为他坎坷的大半生深深叹息,众口一词地赞他刚直不阿、爱恶分明的人品。

我与老董除了都在中国社会科学院工作之外,还是"病友"。去年春夏,我们前后脚住进了协和医院。他的病相当麻烦,治疗、动手术,非常痛苦。可是他总是很通达而乐观的,讲起话来像讲故事一样,两只不大的眼睛,睁得圆圆的,嘴角挂着有趣的笑,治疗时"受罪"的经过竟像是好玩儿的事。有一回尿道不通了,两个住院医生给他导尿,要把一根管子插进尿道,插了几次都不成功,痛得他不可名状。后来在住院医生的老师的指导下才做成功了。老董这时发现那位老师是位女士,顿时不好意思起来。他跟我说,当时真有无地自容之感,真的懂得了为什么说在医生面前无"decency"。他每次来我病房,都要讲上一两件医疗中"有趣"的事。然而,他的病到了何种程度,其实彼此已是心照不宣了。

我先他出院了，趁"血液透析"之便还到病房去看过他两次。他一直都保持着痛楚中的乐观和安详。不久，他突然打电话来说：告诉你一个"喜讯"，我也出院了，看样子不会"二进宫"了。我自然为他高兴。又过不久，在三联书店50周年的庆祝会上，我居然见到他精神饱满地来了。他的外貌向来比他的年龄要显得年轻，这次竟连病容都没有了。他问我怎样，我说老天再给我五年到十年，我就满足了。分手时他说，咱们过渡到21世纪肯定不成问题，也算是跨世纪人才嘛，只不过还有一年多，没问题的！然而不幸得很，至少他的话对他没能应验。当我听到噩耗时，这本是并非完全意外的事却使我感到格外意外，那句话还清晰地响在耳边。

老董走了，享年七十有五，带着苦涩的笑，带着没有说完的话和尚未写成的文章，带着文人的骨气到另一个世界去了。他把从青年时期移译的《西行漫记》到老年的近译《西方人文主义传统》《苏格拉底的审判》等等身译著以及如《边缘人语》《文化的误读》等著作留给了我们，平静地走了。

1999年2月7日

忆张芝联先生

北京大学资深史学教授张芝联先生今年五月西归，寿九十许。一位兼济东西的史学耆宿离开了这个世界。

初识张先生是在"文革"刚刚落幕之后。大约在上世纪70年代末，张先生联络北京、上海、杭州以及其他一些地方的史学界同行，成立了"法国史研究会"，在杭州举行讨论会，我参加了。之所以选择杭州，原因之一是杭州大学曾是一个史学重镇，无论是中国史，还是世界史，有历史学的传统，许多造诣很深的老先生撑起了这座大学的史学成就。当时还健在的沈炼之先生，可谓张先生的师辈了。一个学校、一个学科，有几位博古通今的大家，这个学校、这个学科才能立得起来。那时的杭州大学当然也经历了十年劫难，"文革"后正在恢复。现在虽已并入浙江大学了，但愿它往昔形成的独特的学术风格依旧能保存、延续下来。

芝联先生在那次会上会下，是众所瞩目的"中心"，颇有些"春风得意"。搞起了这么一个有相当规模的学术会议，十年干渴之后怎能不兴奋呢。参加会议的人都是人同此心，心同此理。那些来自五湖四海，相识的、新结识的朋友，都踌躇满志地要做些久久不能做的事情，都有许多设想，这使我感觉到正是我向往的气象。

从此，我便同张先生不时有接触、有来往，渐渐相互间有了较多的了解。张先生在主持历史教学工作中，眼界很宽，在上世纪的80年代初，他感到当时的历史教学偏于古代，对近当代疏于了解。当时，我正在写"战后西欧"，他得知后便约我去讲一个学期，他说是为学生补一点儿"当代史"。这在今天或许不是个问题，在那个时候却有些"新鲜"。张先生在北大执教半个多世纪，门弟子甚多，至今在高等学校不少有成就的教学和研究骨干，差不多已五十岁上下，多是张先生的学生。他们每提及张先生，总是敬佩有加。张先生提及他的学生来，也常是某人如何、某人如何地推介。

诚然，张先生在历史系侧重"世界史"，但他并不是只懂"西"、不知"东"的"专门家"。他的国学基础得力于家学。早年，尊翁张寿镛先生在上海创办了私立光华大学，曾延聘众多时贤如潘光旦等任教，一时学术气氛非常浓厚。这种氛围对张先生的青少年及他尔后的人生道路自有不可磨灭的印记和影响。有这样的学养根底，又在相当长的时期内在英、法等国留学，且游历欧洲各国以及北美、日本，因此对各国文化的细微之处，能有契于内心的体解而不是生吞活剥。

他在欧美亚举行的许多国际史学会议上，都有很有分量、很有内容的发言。现已经辑为专集。张先生通过参加大量的国际学术交流和讲学，交了许多同行朋友，相互启发之功，是难以用一两句话说尽的。张先生对于国外史学界的状况和学派动态了如指掌，因此，在史学思想上毫不保守而能够与时俱进，由此也推进了国内的史学研究和培育识见广博的史学人才。他曾说，国外史学方面的发展繁荣及其涉及面之广，是我们所望尘莫及的。国外史学已经打破了政治史、经济史等的严格分科界线，他说："当代史学的研究对象已经从政治史、军事史、外交史扩大到经济史、文化史、企业史、心态史、日常生活史、家庭史……编史体裁也从系统叙述转向结构分析。"他慨叹，我国史学从方法论上讲已经落后了一大截。他发现早在上世纪60年代，即由法、英、美三国的18世纪研究会联合发起，创建了国际18世纪研究会（现已有三十几个国家的18世纪研究会作为会员，成员达六千余人），于是便于1995年联合一些同道发起成立中国18世纪研究会。因为18世纪是中西交流的一个重要时代，在中西文化交流史上具有非常重要的意义。但是，这个创议由于种种原因似乎没有大的动静，这也从一个侧面反映了我国文史方面空气的稀薄和闭塞。

张先生对中国史学的一大贡献是引进西方的史学理论。他即使不是最早，也是较早地把法国"年鉴派"史学理论介绍到中国来的学者。中国的史学本来是色彩丰富的，有些前辈如雷海宗等已经接触到在当时欧美即已流行的史学理论。可惜几十年来，我国在"世界史"方面，特别是学校的历史教学，几为苏联式的史学理论所"垄断"，影响非常深远。芝联先生把布洛克、布罗代尔的新史学理论介绍进来，无异于在牢不可破的"堡垒"上打开了一个缺口。而后乃至今天，林林总总的史学理论不断为人所知。张先生介绍布罗代尔时的"孤立"现象已成过去，然而掘井之功，是后辈绝不该忘记的。

先生累年教学，述而不作者多，而未刊文稿以及学术会议上的发言则不知凡几。先生暮年加以清理，拟应出版社之约辑印成书。在2005年左右，在付梓前曾寄我数文，说要听听我的意见。现在这些文章都已陆续由北京三联出版了。那时我正对欧洲的启蒙运动及其在中国的影响做些研究，特别对于国中有些人不加分析地拾取西方"后现代主义"的牙慧，感到非常不以为然；他们跟在他们所认识的"后现代主义者"的后面，菲薄甚至否定"启蒙"对于人类社会发展的不可绕过的意义，甚至说中国已不需要"启蒙"、"启蒙"已经"过时"，等等。张先生文章中不少是讲18世纪的，于是就此问题向他请教。随后，他来笺称："关于后现代主义的谬论，我在一篇讲话中已加批驳，但恐软弱无力，附上请指正。"

这篇题为《关于启蒙运动的若干问题》的讲话，是张先生晚岁的一篇代表作。分为三个问题：启蒙的界定、对于启蒙运动的评价和后现代主义与启蒙运动。我基本上赞同他的分析和观点，特别是他指出后现代主义违反了历史主义的原则，犯了时代错位的毛病；因为"启蒙运动在反王权、教权、特权，传播新思想，反对迷信，主张维护人权、自由、平等等方面是时代的先锋，功绩不可磨灭，我们应该接受、发扬这份宝贵遗产"。张先生认为在西方出现的这股全面否定启蒙运动的浪潮，主要发源于欧美的一些"左"派学者，多数属于所谓"后现代主义者"。张先生在文中特别援引了国际18世纪研究会前会长、美籍荷兰学者达恩顿批判"后现代主义"谬论的观点（达恩顿即《启蒙运动的生意》的作者，三联书店有中译本）。这篇讲话作于欧洲的一次讨论会上，等于参与了国际史学界对这个问题的论争，同时也是对国内否定启蒙普世价值的言论的一种批驳。

张芝联先生，为人谦和，平易近人，从没有疾言厉色的时候。在我的印象中，他是个不会"老"的老人，总是很有兴致的。在病痛之后，仍然骑一辆老式自行车在燕园里走动。一次遇见他在淋漓细雨中悠然自得地踏着自行车，一手扶把，另一手撑伞，那时他已七十多岁了。我开玩笑说，你可真是"老青年"呵！他晚年丧偶，心理上受到很大的冲击，身体也愈来愈不行了。想来他是很寂寞的，我们同在一个城市，却难得见面。如今是永远也见不到了。虽然都度过了八九十个春秋，仍觉人生苦短。张先生这一代学者、教授，健在的越来越少了，每走一位，都不禁令人叹息时光流逝的无情。他们的风华文采、音容笑貌将永留在后人心里，对于文脉传承，自有他们的不可磨灭的功绩，这是还活着的人们的精神财富和幸运。

张先生在最后的岁月中除整理、修订自己的文集外，还做了两件重要的事。一是为尊翁张寿镛先生整理、出版文稿，二是设法恢复光华大学。前一件已见成绩。后一件由于牵涉面太广、问题繁难，现只在上海华东师大内设立一个"光华学院"，总算部分地了却了他一桩心愿。

2008 年 8 月

燕南园 57 号的文脉

我正在看关于罗马文明的材料的时候，3月11日的《文汇读书周报》来了，我习惯于来了报纸先一目十行地翻一遍大标题；跳入眼帘的是叶稚姗的《三松堂依旧风庐冷——静静地坐在宗璞的对面》，出于和宗璞与去年西归的蔡仲德的交谊——当然还有对他们的先人冯友兰先生的仰慕——便暂时放下手头上的事情，先看完了这一篇，于是想到了世外桃源般的燕南园 57 号的文心文脉。

半个世纪前我之初识宗璞，是由于我的老伴资中筠和她在清华大学是同班同学，而且是挚友。而了解到宗璞的文采则是由于《红豆》和对这篇短篇小说的无理"批判"。"批判"尽管"批判"，宗璞的创作韧性却是批不倒的。以后，她每出一篇散文我们都看，每出一个集子我们都有。像《弦上的梦》《鲁鲁》《西湖漫笔》《哭小弟》《霞落燕园》等等，读了就忘不了。孙犁先生为宗璞的一本小说散文集，以"肺腑中来"为题代序，恰当至极，允为定评。到近几年她创作为高级知识分子"立传"的长篇历史画卷——《野葫芦引》（四卷本：《南渡记》《东藏记》已出；《西征记》《北归记》待出），达到了她文学生涯的巅峰。抗日战争初期的北校南迁，是中国知识分子把民族大义、国家命运视同生命的一次壮举,试想,几个名副其实的"名校",一大批一流教授、学者,跋山涉水,在战火硝烟之中把西南一片造就成保存中华民族文化命脉的"圣地",其使命感,其对战争前途的乐观精神,毫不夸张地说,难道不可以说是惊天地而泣鬼神吗?宗璞的笔调向来是舒缓的、含蓄的,然而在舒缓与含蓄当中蕴藏的是使人心弦震颤的精神力量,是壮美与优美的融合。战争的炮声响了,"序曲"写道:"烽火连迭,无夜无明","说什么抛了文书,洒了香墨,别了琴馆,碎了玉筝","见一代学人志士,青史彪名"……

转眼几十年,我们都老迈了。宗璞今天有些像老父的暮年,耳目几近失其聪明,拖着积年的病体,艰难而坚韧地奋斗着。我们经常给她打气:无论如何要完成《野葫芦引》,给《南渡记》"序曲"中的最后一句"且不说葫芦里迷踪,原都是梦里阴晴"一个圆满的句号。使西南联大从南迁到北归这段特殊时期的"高知"的人格、学养和精神世界有一个完整的文学记录。这是史和诗的结合。闻一多曾说:"有比历史更伟大的诗篇吗?"我们说,宗璞如今即使不是唯一的,也是非常罕见的亲自见证了那个时期那么多前辈精英的人;《野葫芦引》诚然不是历史书,但它比历史书更有吸引力和震撼力,从整体上看,它是一部"史诗";写完它是一种责任。

冯友兰先生序其《新世训》云:"承百代之流,而会乎当今之变。好学深思之士,心知其故,乌能已于言哉?"又说:"我国家民族方建震古铄今之大业,譬之筑室此三书者(指《新理学》《新事论》《新世训》),或能为其壁间之一砖一石欤？是所望也。"宗璞四卷正与乃翁遥契。

我多次去过"三松堂"，对于宗璞说来那是"风庐"。知道"风庐"这个书斋名，是上个世纪80年代中期宗璞送来一本《风庐童话》，扉页有冯先生题写的笔力遒劲的书名。"三松堂"之得名想当然是由于园中的三株松树；而"风庐"之得名则另有出典："庄子云：'夫大块噫气，其名为风。'风庐中得些自然噫气，当是好事。"（《风庐童话》后记）

燕南园57号离热闹的有名的北大"三角地"不远，但一旦进了院门，马上就有那种"结庐在人境，而无车马喧"的意境。很久很久以前，冯先生还健在，我们去，他总要出来见见，默默地坐在那里听我们闲话；再早些年冯夫人任载坤先生常要张罗留我们吃饭——一顿很精致的"河南菜"。有些南方人一听说北方菜，每有些不屑，殊不知"冯家菜"却不同，那时清华园、燕园的教授夫人都会把家乡菜打点得独具自家风味！"三松·风庐"院内在"文革"期间住进了五家别的人家，冯先生、宗璞、仲德以及冯家的藏书都挤到狭窄的空间里，逼仄得紧。"文革"后那些人家陆续迁走了。但57号仿佛经过一场劫难，老旧多了，每到冬天，暖气烧不热，需佐以其他取暖方式。只是进入厅堂，仍然会使人立刻静下心来；那些书，那些陈设，那种气氛，唯有用一个"静"字来形容。主人静，客人也静，"静"的世界是最沁人心脾的。时不时年幼时的小玉和猫一起从里屋像箭一样蹿出来，才会打破一会儿那种"静"。这是一个温馨的、和睦的、泛着书香的家。

二十多年来，先是任先生走了。冯先生写了一副挽联：

"同荣辱，共安危，出入相扶持，碧落黄泉君先去；斩名关，破利索，俯仰无愧怍，海阔天空我自飞。"既是对老妻的哀悼，又是夫子自道。冯先生回归自我，以惊人的毅力和学养，在告别人世之前完成了压卷之作《中国哲学史新编》七卷本。

有一次大概是80年代末，在宗璞家吃午饭，冯先生已步履十分艰难了，几乎看不见也听不见了；宗璞把老人搀扶到圆桌前说他愿意和大家一起进餐。宗璞把菜送到他嘴边，不时附耳告诉他是什么菜——女儿的体贴，老父的凝重，两代文化人一幅动人的画面。终席老人一句话没有说，和善地向大家点点头，回卧室去了。宗璞说，他正在"写"《新编》的最后一卷（第七册）！极度疲惫的身躯，一颗异常活跃的大脑，当时我真不知道他怎么能"写"！1990年11月26日冯先生仙逝，这一年，《新编》第七册定稿，在7月11日的"自序"中他写道："在写本册第八十一章的时候，我真感觉到'海阔天空我自飞'的自由了。"第八十一章的题目是"《中国哲学史新编》总结"。这万把字不仅是《新编》的总结，而且是先生从两卷《中国哲学史》，经在美国教授的《中国哲学简史》至七册《中国哲学史新编》以及《贞元六书》等一生哲学思想的凝练"总结"。有位朋友这样评价老先生的中国哲学史：后人也许可能"超越"冯先生，但绝对不能"绕过"冯先生。这话说得不差。

写完第七册，先生自觉他的坎坷、劳累而又硕果累累的长途跋涉已接近终点了，有一种如释重负的感觉，"此所谓'文章自有命，不仗史笔垂'"。之后不久，冯先生撒手而去。

三松堂和风庐是接着的。这一年,宗璞正好六十整。冯先生关心着宗璞的《野葫芦引》,拟了一副寿联:

鲁殿灵光,赖家有守护神,岂止文心传三世;
文坛秀气,知手持生花笔,莫将新编代双城。

"双城",即《野葫芦引》里的北京(当时叫"北平")和昆明。"守护神",叶稚姗的文章里已有解,此处不赘。

说到燕南园57号的主人们,绝不能漏掉被癌症折磨了两年于去年西归的蔡仲德先生。宗璞可谓"晚婚",四十出头才与年轻几岁的仲德先生结婚。那时的冯家正遭受着"文革"带来的厄运,宗璞本人因病刚动过了大手术。在这种情况下仲德来到冯家,是世俗所谓的"缘分",但尤其是真情,是"患难与共"。

仲德执教中央音乐学院,教中文,因欣赏宗璞的作品而接近其人,直至结了这份天作之合的姻缘。对于他这是一生的新起点。在冯友兰先生晚年,"有事弟子服其劳",仲德不仅时时帮助宗璞照拂老人,更重要的是倾全力整理老人的近一个世纪的全部作品,特别是完成了两件浩繁的"工程":编辑《三松堂全集》和编出了《冯友兰先生年谱初编》。同冯先生的日日接触,使他了解到老人的内心世界,整理先生的从青年到老年的著作,则使他成为能最准确地理解和评价冯先生的人。仲德不愧是研究"冯学"成绩最显著的学人之一。他与冯先生固是翁婿,尤其是师生。冯先生得婿如此,当是老人晚年一快。丁东在采访他时,他说:"编写年谱过程中涉猎的很多资料，使我深深感觉到，冯友兰的一生典型地反映了中国现代文化的历程，反映了中国现代知识分子的心路历程。"又说："我把他'实现自我—失落自我—回归自我'的历程称为'冯友兰现象'。这是中国现代知识分子苦难的缩影，是中国现代文化曲折历程的缩影。"历史是无情的，更是最公正的评判者，冯先生"回归自我"的辉煌见证就是以八十四岁的高龄重新启动百万言的《中国哲学史新编》，至九十五岁而底于成，不久即溘然长逝，应了老人家上世纪 40 年代在美国讲授《中国哲学简史》的最后一句话：

人往往需要说很多话，然后才能归入潜默。

蔡仲德，知道他的人料不算多；当然音乐学院的师生们高度赞誉他忠诚于教育事业的精神，在他已垂危病榻时还把他的研究生叫来，坚持着指导他们的论文。仲德是一位精进的学者，从治中国音乐美学史和音乐理论，到搞通了"冯学"，并在最后几年进入对中国"士人格"的探究，针对当代中国知识分子的命运、中华民族的前途，写出了许多思想深刻、格调明朗的文章。在他的"本行"——乐史、乐理方面也作出了突破性的成绩；2000 年发表的《出路在于"向西方乞灵"——关于中国音乐出路的人本主义思考》长文，在治音乐美学的原来基础上更上层楼。继此，又屡有新作。正当他进入平生丰收的季节，苍天无情，夺走了他的生命，终年六十七岁。生前一次在医院打来电话，声音依然爽朗，我感到安慰；殊不知死神正在向他靠近。仲德身后留下了

《音乐与文化的人本主义思考》和《音乐之道的探求——论中国音乐美学史及其他》等著作，记下了一个勤勉学人的足迹。

仲德走后，宗璞悲痛而又平静地对待这一切，很坚强。我们两家相距太远，好像两个城市，平常靠电话，彼此的情况都知道得清楚。宗璞多病，近若干年似乎每况愈下；头晕起来什么都做不了，眼睛近乎失明，终于不得不宣告从此"告别阅读"（她的一篇散文）。写东西靠口述，书报靠助手念。冯先生是靠口授完成哲学史的最后篇章的，现在宗璞也是靠口授进行文学创作。我们当然关心她的身体，同时，尤其关心《野葫芦引》的有待完成的下半部，那是岁月最艰苦，但却是胜利在望的下半部。写作是作家的生活方式，宗璞从离开校门半个世纪以来没有停止过写，默默地、静静地、执着地写；文如其人，在恬淡中蕴藏着激情和个性，她的创作风格只属于她，别人学不来。

燕南园57号有一条绰然可见的文脉，或可称之为一种"文化现象"：冯先生的"三史以释今古，六书以纪贞元"；宗璞的文心独具的大量散文和短中长篇；仲德的乐史乐理……这条长长的文脉，有传承，有出新，它必定在近当代的中国文化史上占有浓墨重彩的篇章。

宗璞散文中的学者

宗璞常说,散文的特点一曰散,二曰文。

"散"似乎并不难;"文"就难了,因为很难立出个标准来。"文"可以理解为风格神韵,也可理解为"野"的对立面,等等。而在我看来,还应是"痞"的对立面。这大体上都是见诸文章的"外表"的;好像一个人的妆容一样,有的浓妆,有的淡抹。

宗璞的风格是清新的,淡淡的,属于"淡抹"一类,使人看下去没有时下颇为时兴的"火气"与雕琢,即使她对有些事很有些愤愤然,也不见她动感情。她喜欢喝淡茶,只那么几丝龙井或毛尖,清清的、淡淡的。她的散文亦如是。

使我特别有感触的,是宗璞对清华园和燕园的深情。对那里的景物的描写自然会引起我对学生生活的遥远的追忆——一个荷塘月色,一个湖光塔影。而尤为使我神驰的,是那个时期的学术氛围。几十年了,那种泛着书香的空气似乎已给"污染"了不少,不禁怅然。那篇《霞落燕园》写的是居住在燕南园的几位老学人的晚年:"十六栋房屋已有十二户主人离开了。这条路上的行人是不会断的,他们都是一缕光辉的霞彩,又组成了绚烂的大片云锦,照耀过又消失,像万物消长一样。"那笔意含着无奈的凄凉,因为确实的,

"各家老人转往万安公墓相候的渐多"了。而正是这些老学人——这些"文曲星"——支撑起历经风霜的学术大厦。

宗璞在这篇文章里写了十几位老先生，于朱光潜先生着墨最多。其中有这么几句话："朱先生从《给青年的十二封信》开始，便和青年人保持着联系。我们这一批青年人已变为中年而接近老年了，我想他还有真正的青年朋友，这是毕生从事教育的老先生之福。"现在的"青年朋友"怎样想，我不知道，但我在年轻时却是受过朱先生《给青年的十二封信》的启蒙，而且一直看下去，我的那一点美学知识以至成了一个哲学"票友"，相当程度得益于朱先生。我没有听过朱先生的课，读过他的书已足够使我对朱先生既尊敬而又折服了。这些都是我中学时期的事了。

后来进了大学，先是燕园，继而转到清华园，最后又回到燕园。这几年我却有些对不起我从未谋面的朱先生。那几年我由衷地"洗心革面"，真诚地去适应新社会和新标准。第一次参加"知识分子思想改造"——杨绛先生近著《洗澡》的那个时代——我们学生在台下听，教授们在上面作"自我检讨"，然后是作为"动力"的学生们对老师们提问题和批判。记得一次吴达元先生作检查，我觉得他挺诚恳而深刻的，反觉得有的同学持论不公，于是就站起来替吴先生辩护了几句，立时会上的气氛就因我的不谐之音而显得不对劲了。会后大家议论纷纷，班干部找我谈话，说我主要是"小资产阶级温情主义"在作祟，而之所以会如此，大体一是家庭影响，一是旧时读过的书模糊了视线，云云尔尔。

后来经常有比我先知先觉的干部同我谈心，循循善诱，我于是真心实意地清理（否定）自己的从落生起的头20年。在而后几十年中写了不知多少次的"思想检查"中，总要讲到受了朱先生的影响（！）。当然从来没有被许为"检查深刻"。说也奇怪，这近十多年我特别想重读朱先生的书，重新找回我青少年时期对他的尊敬和折服。当然更重要的是读了他几十年来的译著，而其中有些是我自从"洗心革面"以后没有问津的。宗璞说得对："有的老先生寿开九秩，学问仍和60年前一样。不趋时尚固然难得，然而60年不再吸收新东西，这60年又有何用？朱先生不是这样。他总在寻求，总在吸收，有执着也有变化。而在执着与变化之间，自有分寸。""他要用力吐他的丝，用力把他那片霞彩照亮些。"

冯定先生也是燕南园的老住户："在五十五号住了几十年，受批判也有几十年了。"几十年前我初进燕园，那时北京刚刚解放，燕京大学还在，因袭解放前的校园生活，还有所谓"团契"的活动，不过内容已经改为像后来的"学习小组"那样了。春暖花开的时候，大家围坐在如茵的草地上聚会，自有比我们稍年长些的同学发给我们一些"解放区新华书店"印的书。我得到的一本就是冯定写的，题目似乎叫"论小资产阶级的思想方法"之类。后来还看过一本他写的关于马克思主义认识论、方法论的书。不料（其实也没什么奇怪）他后来也屡遭批判。宗璞笔下的冯定是这样的："他有句名言：'无错不当检讨的英雄。'不管这是针对谁的，我认为这是一句好话，一句有骨气的话。如果我们党内能有坚持原则不随声附和的空气，党风民风何至于此！"冯定是一个很富幽默感的人：听说一个小偷到他家破窗而入行窃，翻了半天才发现有人坐在里屋,连忙仓皇逃走,这时冯定对他说:"下回请你从门里进来。"宗璞以她特有的简洁但却沉重的笔三言两语地记下了一些前辈学人是怎样从燕南园离开这个世界的:"上天还需要学者","朱光潜先生与世长辞","一位一生寻求美、研究美、以美为生的学者在老和病的障碍中的痛苦是别人难以想象的";冯定先生"在久病备受折磨之后去世"了;"文化大革命"初始,一张大字报杀害了物理系饶毓泰先生;数年后翦伯赞先生夫妇同心走上绝路。这一代老学人于学生死以之,"九泉之下,所想的也是那点学问"。

在燕南园的主人里,当然不能漏掉冯友兰先生,宗璞对老父倾注了许多很带感情的笔墨。我常想,为人子女者写自己的亲人非常难,更何况是冯友兰的子女。难的原因有二:一是因为冯先生的名气太大;二是因为冯先生大半生都在各种批判中度过。而更不同一般的是,一片"文化大革命"时期留下的影子一直追着他,甚至在他死后也不散去。这委实不怎么公平和宽容。经过了"文化大革命"的人,对许多超乎常情的事都可以理解,"举世皆浊我独清"的人毕竟不多——冯友兰先生是哲学家和哲学史家,那就把他作为哲学家去评论他在文化事业里的成就罢。

1994 年 5 月 14 日

忆仲德

仲德走了竟有一年了。他比宗璞和我们都年轻许多，而且身体一直很好，谁也没有料到会突然得绝症，先我们大家而去。虽然不能算白发人送黑发人，总让人难以接受，不能不为之唏嘘、痛惜。

宗璞与仲德结婚是在"文革"期间，那时我们在干校，即使在北京，在那动乱的年月也是咫尺天涯，不在一个单位的亲朋好友早已音讯隔绝。所以我们听到这个消息是"文革"后期。形势略微安定之后，终于有一天我们又去燕南园访宗璞，带去我们迟到的祝贺。那是第一次见到蔡仲德，那时我们已步入中年，他还属于青年。据宗璞介绍，他在中央音乐学院附中教语文。我们只是为宗璞于乱世得知音而高兴。

后来，仲德任中央音乐学院教授，主要教音乐美学。我们逐渐知道，仲德的兴趣其实是研究中国的古代乐理，整日在古书里梳爬剔抉，是很本分的读书人，在冯家当然进一步受到书香熏陶。他出版了几本关于乐理的专著和文章，也送给我们。我们于此完全是外行，但觉得那是很深奥、很专的学问。在钻研中国古典乐理的同时，他还对中国的音乐前途多有创见，从中西文化交汇比较的视角，提出我国乐理之兴，非借助西方乐理不可，据说引起了一些非议。后来知道，仲德是一个善于独立思考，极有创见的人，绝不止于音乐一道。他涉猎日广，走进了人文历史之学。晚年（其实方届六十！）于"五四"以来的人文思想史以及现实的文化思考钻之弥坚，每有卓尔不群的见解，凡所系念，都与民族命运、国家前途、民主理念息息相关，不能一日忘怀。

仲德于宗璞大病之后身心疲惫之时，冯家尚在劫难之中，作为一名青年读者，因宗璞的作品而主动结识宗璞，因而相交、相知，完全是出于对才华的爱慕，他们的结合是高度的精神的契合，超越一切世俗的考虑。他也衷心景仰冯友兰先生的学问，在老先生垂暮之年克尽半子之劳。冯先生西归后，又协助宗璞整理先生浩瀚的遗著。宗璞体弱多病，主要工作自然落在他身上。这是一项工程浩大的"脑力劳动"，从编纂到校雠细致入微，务使无遗珠之憾。这自然也为他提供了深入钻研冯著的难得机会，与他思想和治学的升华大有关系。如今，《三松堂全集》等已经编定出版，同时厚厚的、资料丰富的《冯友兰年谱》也已问世，而仲德也成为冯学专家而无愧色。他总结冯先生长达一个世纪的经历的"三段论"——早年建立自我，中年迷失自我，晚年回归自我——不但成为治"冯学"的理性概括，而且可以普遍适用于中国特定历史背景下的一代知识分子。

他生命的最后几年精神思想突飞猛进，是最闪光的时期。如他在《东方文化》上发表的评述陈寅恪先生的长篇论文，于几乎众口一词之中独树己见，不为俗徒。更重要的，他是在认真阅读了陈寅恪的几乎全部著作的基础上得出的看法。陈先生的著作何等不易读！能把它消化下来，以便出言有据，能做到的料不多见。只此一点，使我们佩服不已。他那篇长文写于病重之时，堪称他的压卷之作了！

仲德的学术专著和文集是他留给后人的珍贵财富。他原来身体很好，精力旺盛，若天假以年，还可以做许多事，他的思想还会有进一步发展。中国、中国的教育界需要他这样富有潜力的知识分子。在他已被确诊为绝症之后，赖现代医术之力，延长了两年生命，在这两年中，他抢时间继续指导研究生的论文，并修订出版了最后的著作。在他病重时，也已多病的陈乐民给他一封信，对他评述陈寅恪的意见表示完全认同。他看到后十分兴奋，在病床上打来电话，声音依然洪亮，笑声朗朗，不料这竟是我们最后听到的他的声音。

苍天不仁，夺走了一个充满活力的生命！

陈乐民、资中筠

2005年初

读《告荃猷》

2月4日《笔会》刊王世襄先生《告荃猷》十四首并短序，捧读之下，为之心酸者久久。此乃至情至性之文，动于心，发乎中，在"悼亡诗"中，不敢说前无古人，堪称后难有来者的绝响，大概是不为过的。

我于世襄先生，久仰其名，只见过二三面。我认识他和荃猷先生，他们并不认识我，那还是十来年前在三联书店邀集的茶话会上。一般常把老人们让在一起，我属老中之小，得仰诸位"文曲星"，是我的一种幸运。世襄先生向来着装十分简朴，夏日着短裤，一双普普通通的塑料凉鞋，手提一只好像买菜用的、那种塑料条编织的筐子；《告荃猷》第一首第一句："提筐双弯梁"。寡言少语，状如纯朴老农。第一次见到时我问沈昌文先生此公何人，沈先生说他学问大得不得了，遂略述其学贯中西，文物专家，云云尔尔。总之雅至极雅，"俗"至大俗，京华一绝。

某次茶话，兴阑而散，我出门适与先生前后脚，相互告别后，见他觅得其老旧自行车，稳健地登车而去，此是上世纪80年代事。在这次聚会上，他拿出刚出版的经他注释的明代家具图一厚册，印刷装帧之精美，允为当时所少见，注释说明中英文对照。彼时我还不知道先生不特国学造诣深厚，且英文也是高水平的。

2003年世襄先生获荷兰克劳斯亲王奖。颁奖后先生即席用英文致答词。一留学英伦的中年学人曾与会，说真没有想到先生的英文这样漂亮！

世襄先生精于文物，视同生命；他收回流散域外的众多价值连城的国家文物的故事，早有传诵。不料竟因诡谲的政治运动，妄加不实之"罪"，备受折磨；"蒙冤不白愤难舒，只有茹辛苦著书"。先生是大收藏家，平生精心收藏的古文物，泰半献给了国家。

三联书店精印先生珍藏之大小、雅俗文物，佐以说明，集三厚册，先生题签曰《锦灰堆》。出版后一时洛阳纸贵，京中文坛传为美谈。荃猷先生的刻纸，别具风格，风雅韵致不同凡响，每有佳作，先生即佐以小诗，足称二美双璧。荃猷先生有刻纸选辑一巨册传世，世襄先生题签《游刃集》，除以诗代序外并铭曰："游刃于纸，刃过生文；刃游我游，其乐欣欣。"

另记得先生一趣事。某日，老人聚会，到吃晚饭的时候，主其事者邀赴北京饭店西段号称"贵宾楼"。到了门口，服务员以世襄先生的穿着不似可以进楼的，便上前拦阻，先生愕然而不动声色；昌文兄见状忙去向服务员不知是怎样说的，该服务员马上肃然，退后一步，恭敬地注目，做了一个"请"的手势，先生乃提筐得入。

以上几个片断都是上个世纪八九十年代的事。迩来屡闻先生欠安，第十二首云："晴和策杖行，轮椅推相随。老境得如此，当属世所希。"

两位先生早年均毕业于燕京大学。几十年来，中西、古今、雅俗集于一身；这样的文士诗人、收藏家，而又是"大玩家""美食家"，尔今尔后，恐难有其匹，誉为国宝，不亦宜乎。

荃猷先生已驾鹤西去。晚生谨祝福世襄先生健康长寿。

原载《文汇笔会》2005 年 2 月 25 日

赤子范用

从上海回京到范用家去串门,顺便向他讨一本他的儿时回忆录《我爱穆源》。

白净的封面看着叫人觉得心里舒坦,上面是一老一小的"题词"。一老,是冰心老人给这本书写的:"童年,是梦中的真,是真中的梦,是回忆时含泪的微笑!"这些字的背底衬出一枝淡雅的墨梅,好像是十竹斋信笺上的那种。一小,是范用的外孙女许双9岁时题写的外公的书名。是那种稚气的、天真的"娃娃体"。

人世间,一般指的总是成年人的人世间。这人世间充溢着忙碌、浮躁、狗苟蝇营、尔虞我诈。"三代之下,未有不好名者!"于是,纷纷扰扰,为名利而奔波的人们,把周围的空气压得紧紧的,终于反使自己透不过气来。人,繁忙得失去了人的真性情。

何谓真性情?那真性情最直白的表现,就是童心、童趣、童真,体现了真善美的赤子之心。

老年范用想到了儿时的启蒙小学——镇江穆源小学,发为《给小同学的信》,叫人联想起我这一代儿时为之着迷的冰心《寄小读者》。

穆源小学早已有了新的校园、校舍。范用的心底却深藏着他儿时的风物:"昔日的母校,只留在我的记忆里,在我的梦中出现。"范用把梦中出现的母校,用纸板精心地制成了一座模型,连同"梦中的真,真中的梦",一起送给了他今天的"小同学"。

怀旧,是老年人的习惯。怀旧,有时容易引起伤感。而这里的怀旧,则是回到了纯真的童年。只是在这时,年龄的距离一下子消失了,使人感到一颗跳跃着的赤子之心。

人若是想恢复真情,最重要的就是找回这颗赤子之心。如果人人都能够把这种赤子之心发扬出来,人间肯定会洁净起来;人们呼吸的空气一定会纯化起来。

14封信,平静地回忆着几十年前一座小学里的平静而有韵味的生活。

不必想在这里去找"惊人之语",也没有什么警句,更没有豪言壮语;然而却饱含人间最需要的,也是最平常的真情,因而也是最可宝贵的。

同时,这不是绝对没有大启示的。范用写道:"我也希望做家长的,当老师的都来考虑一个问题:怎样使孩子们能够德智体美全面发展,健康发展,尤其是美育方面。"

1996年6月17日

扬之水传考

扬之水,不知何许人也,不知其为老少男女也。其名源于《诗》。一曰:

> 扬之水,不流束楚;终鲜兄弟,维予与女。无信人之言,人实诳女。
> 扬之水,不流束薪;终鲜兄弟,维予二人。无信人之言,人实不信。

又曰:

> 扬之水,白石凿凿;素衣朱襮,从子于沃;既见君子,云何不乐?
> 扬之水,白石皓皓;素衣朱绣,从事于鹄;既见君子,云何其忧?
> 扬之水,白石粼粼;我闻有命,不敢以告人。

扬之水,爰有《脂麻通鉴》之作,乃因知其为《读书》编辑赵丽雅也。尝闻她"文化大革命"期间开过送货大卡车,在王府井卖过西瓜;又见她迷于古史、痴于经传,写得一笔清爽端正的"馆阁体",为文自有一脉天然灵气。扬之水,"催稿"有术,不缓不急,不卑不亢,但该联络的人,任他天涯海角都能找到;该要到的稿子,自然能够到手。

最近,扬之水调到了社科院文学所古代室来了。这自是可得其所的地方。她特于《诗经》器物之考证甚详,已成多篇,曰:《〈诗经〉名物新证》。题为"名物",实多涉社会生活和典章制度,所以可为古代社会史之助,且为夫子之所遗阙。赵丽雅若是之沉于《诗》,宜其以《诗》自名也。

唯扬之水少谙新闻,文事而外无旁骛,近友人传,一日,扬之水突发问:最近有个叫"车臣"的人,不知是谁?

1996年12月25日

*

中辑

*

陋室遗篇

琉璃厂今昔

金性尧《伸脚录》有文《似曾相识燕归来》，引瞿兑之《北游录话》记潘祖荫、翁同龢等在北京游访琉璃厂书铺云：

> 大家无事，即以书店为公共图书馆。书店门面，虽然不宽，而内则曲折纵横，几层书架，及三五间明窗净几之屋，到处皆是，棐几湘帘，炉香茗碗，倦时可在暖炕上小憩，吸烟谈心，恣无拘束，书店伙计和颜悦色，奉承恐后，决无慢客举动，买书固所欢迎，不买亦可，记账亦可。虽是买卖中人，而其品格风度，确是高人一等。无形中便养成许多爱读书之人，无形中也养成北京之学术气氛，所谓民到于今受其赐者，琉璃厂之书肆是矣。(《琉璃厂小志》)

那氛围是颇可羡慕的。我在青少年时常去琉璃厂，多少还有些印象。参加"革命工作"后忙于本职，渐渐地去得少了。"文化大革命"后又想起了琉璃厂。那时，昔日的旧书铺都一体改成了"中国书店"；许多线装书都陆陆续续地摆出来了，据说，有些可能是"文化大革命"期间"抄家"后找不到原物主而拿出来卖的，所以都不贵。我也正是在这些时候买回一些我在"文化大革命"时遗失的旧书。

一次，在书店门口不意遇到了也来访书的吴学谦，他满脸胡须，穿一身灰旧的中山装，状极潦倒。他是刚刚从监狱里放出来的，尚未完全"平反"。几年未见，相与唏嘘，不胜今昔之感。他叹说，当初是戴上手铐被带走的。

以后我经常到琉璃厂，隔一段时间就发现一些变化。例如，渐渐地，一些"邃古斋"一类的匾额又挂出来了，书的价格也渐渐地攀高。线装书都一体成了"旅游定点单位"的商品。有一次，看到一函《韩昌黎集》，问价，想买，但答以非"外汇券"莫办，至为扫兴；出来一看，门口恰有"旅游定点单位"的铜牌。那时整个东西琉璃厂都在翻修，被弄得金碧辉煌，非常刺眼而又庸俗。很快，文化街就变成了商业文化街——书卷气不见了，显现出一种浮嚣矜夸之气。

最近这一两年，琉璃厂又变得比较平实起来了，曾经只对外宾开放的地方，也对国人开放了。最令人高兴的是几家大书店展宽和刷新了，都开架，买书方便多了。当然要找回瞿兑之所记的那种气氛，是不可能了。

至于售货员，精神面貌自然非复旧观。虽很少有"慢客举动"，然而"和颜悦色"的也不多见。春节前一个下午去琉璃厂中国书店，店里的人正张罗着要开"联欢会"，三点钟即提前关门下班，但听一位营业员对和他在一起说笑打逗的伙伴说："再过五分钟就可以轰（人）了！"我自在被轰之列，赶忙付了书钱，夺门而出。现在提倡"文明用语"，虽多少有些约束作用，但像刚才说过的情况，就顾不得了。

1996 年 3 月 3 日

我和书

读书人离不开书;离开了书,心里便无着落。

1955年奉调出国工作,要在国外住很久。我怕没有中国书看,便带去了不少喜欢看的书,其中有李杜诗集各一、唐宋笔记小说若干、《缀白裘》一函等等。四年匆匆而过,1959年秋,陪同一个奥地利文化代表团到中国访问一个月,原说访问后即与代表团同返,突然领导告诉我,决定我调回国,不再回维也纳了。我四年前带去的那些书就此与我不辞而别。后来得知,我们在维也纳的住处成为中国商务代表处的驻地,便请他们设法把书弄回来;不料答称不知有这些书,答应给找找。但从此泥牛入海再无下文。丢了那些书,心痛很久。

几年后,"文化大革命"来革文化的命来了。"扫四旧"时家藏旧书遭了劫。"横扫"到我家左邻时,家兄时时听到被"小将"们抽打的喊叫声,不禁心惊肉跳,赶忙寻一辆板车,把我家的藏书几乎悉数送到"造反派"指定的地点。家兄之得免皮肉之苦,料颇赖此"主动"之行为也。他送书时发现若干我少年时期醉心书画买的一些名家画册,不忍交出,藏于箱底,侥幸免遭秦火。我当时住机关宿舍,得知此事,一方感激老兄的苦心,一方为家藏旧书之失,再次心痛很久。

机关"造反派"分成两派。"军代表"入驻，命令大家"主动""自愿"交出"黑书"，否则后果自负！我在埃及开罗工作过一年多，买了一些如《丘吉尔战争回忆录》《戴高乐回忆录》等外文书。我本以为所谓"黑书"者，系指《论共产党员的修养》一类的书。但我胆子小，搞不准丘吉尔的"颜色"，便向一位能跟"军代表"说得上话的青年试问，她竟去问"军代表"。"代表"厉声曰：丘吉尔！反动的！当然是"黑书"。我交书时附了一张条子，说这些书对研究国际问题有用，希望转送给有关单位或某图书馆。意思是希望不要当废纸处置。"文革"后期"落实政策"，抄走的一些衣物，廉价卖给一些愿买的人。《丘吉尔战争回忆录》居然在此时退给我了；其他交去的书，则全无踪影。

"文革"落幕后不久，听说琉璃厂书肆卖抄家时抄来的旧书，赶忙跑去，重购得失去的《春秋左传》《毛诗郑笺》《通鉴辑览》等等。一天又去买书，从邃雅斋出来，遇见一个身穿灰旧中山装，满脸胡须，形容枯槁，已入老境的熟人，定睛一看，原来是吴学谦，数载未见，恍同隔世。他说他刚从监狱中出来不久，当初是戴着手铐被抓走的。他是老革命，解放前在上海搞学生运动，解放后调到北京团中央、中联部。五六十年代出国开会，我们常在一起。他爱读书，所以从监狱出来就到琉璃厂淘书来了。我在文章开头说了：读书人是离不开书的。

过些时日，国家发行了"外汇券"，专供来中国的外国人使用；于是手上没有这种特殊货币的中国人，有些东西就买不到了。我买《韩昌黎集》就碰上了这个问题。那是在一家叫四宝斋的店铺里发现了一函，版本不俗，标价只四十元，正要付款时，售货员说需付"外汇券"。我说：难道外国人要买线装书！他不屑地说：日本人可喜欢这玩意儿呢。边说边把书放回原处。我立即有一种自尊心受到屈辱的感觉，回家便给市政府写信，口气委婉，措辞严厉，写了诸如中国人在自己的国家买不了自己的"货"、岂有此理之类的话。过了半月居然见效：市府文教委员会责令四宝斋负责人携书登门道歉。那位负责人带来两种版本的《韩昌黎集》，我仍买了我原来看中的那一函。那人始终态度恭谨，笑容可掬；在离开我办公室时间：冒昧问一句：您在欧洲研究所工作，为什么对韩愈有兴趣？我笑笑反问：我在欧洲研究所，为什么就不能对韩愈有兴趣？

不过且不要高兴得太早。不久后，古籍书店索性在楼梯口贴出：楼上古旧书，需付"外汇券"。书价也翻了几番——这表明外国游客和华侨来得越来越多了；我即使有"外汇券"也买不起了。这是一段已过去二十年的历史，写出聊作谈资。

日前听说，现称中国书店的邃雅斋长廊形书店很快要拆了；这个"长廊"长约公交车一站，书最全，北京市中心有名的大书店买不到的书，十之八九能在这里找到。几年前我腿脚还灵便时，常来走走。拆旧盖新，城市建设之常理，只是不知主持其事者（不论是行政当局，还是能量很大的"开发商"）心中可有书的位置？

2003 年 9 月

关于"书"的一个小故事

不久前,《文汇读书周报》在头版头条登了一则消息,说国家图书馆要修整善本书了。这很好。由此我想起一个小故事。

二十多年前,正是"改革开放"的初期。都知道,在"革"文化的"命"的"文化大革命"期间,除了"小红书",几乎是无书能读的。有一段搞"批林批孔""儒法斗争",出了一批"四人帮"们钦定的"法家"书,如《韩非子》等等,那是出自搞政治斗争的需要,与正常人所理解的"文化"无涉。至于外国书,就更不用说了。

"文化大革命"落幕,有了阳光,我要读我想读的书,真是如饥似渴。从前读过的要重读,未曾读过的更要读。胃口大得很,古今中外都想读。我的存书,早已在"破四旧"时当作"黑书"被收缴了。于是就跑图书馆。那时的"北图"(即今天的"国图")馆址还在北海附近的文津街,有个十分赏心悦目的外环境,是我青少年时常去的地方。

我想读的书很多,其中之一种是18世纪启蒙运动时期的书。翻检书目中,发现了一本1819年版本的《卢梭全集》(第一卷);这样的一百多年的旧书,居然允许我借走了。这本书很厚,大开本,封面已经没有了,扉页还在,纸质已经发黄了，有些地方还有破损。服务员嘱咐说，看的时候小心点儿。当时我脑子里闪了一下：这样的书该算是"善本"书了，怎么还能借出来呢？

我拿回来小心翼翼地翻看每一篇文章。忽然意外地发现了卢梭的一篇评论圣-皮埃尔在"西班牙王位继承战争"后写的《关于永久和平的回忆录》和《方案》的文章，更有价值的是圣-皮埃尔的原文也附在卢梭的评论的后面。恰好我正在研究这段历史的问题，所以十分惊喜，立即把这些文字用打字机抄录下来了。复印机还不普遍；即使有，这样的旧书也不便复印。这一"发现"，对于我在几年后的研究很重要，使我把圣-皮埃尔、莱布尼茨、卢梭、康德、费希特在"永久和平"问题上串联起来。

还有一件有趣的事。在这本书里许多页都有密密麻麻的毛笔蝇头小楷长篇眉批，圈圈点点。我想，这本书很可能是清末民初到过巴黎的人（他是官方使者，还是"勤工俭学"的学生？）带回来的，尔后辗转进了"北图"。有考据癖的人在上面可以做点儿文章，说不定很有趣。

一个月很快过去了。还书时，我写了一封给"北图"的信，内容有两点声明：一、书里的"眉批"是原来就有的，不是我干的；二、书本来就没有封面，破损处也是原有的。最后我建议，这样的书应属珍本，不宜携出馆外（潜台词：反正我已看过了）；并且应该修整。

不久前哲学研究所梁志学先生告诉我，老本子《卢梭全集》已经不出借了；另据告已购进了新版本，正在编目，还没有上架。

《文汇读书周报》那条消息多半指的是中文善本书的修复。外文善本书有待修整的其实也不在少数。仅为明末清初传教士陆续带进的书就是不计其数的。那些书涉及天文、气象、理化、宗教、哲学等等。只金尼阁专程带来的就有7000种。这些外文古旧书籍，相当一部分收藏在上海徐家汇藏书楼；"国图"也存有不少。

2003 年 9 月 26 日

一本旧书

在旧藏书里无意中发现一本装帧十分朴素大方的上海世界书局上个世纪二三十年代印的英文《木偶历险记》，书已经泛黄，且有几处破损了。书的封面上留着我非常熟悉的墨笔楷书："民念五年仁曦先生购于世界书局北平支店，洋四角七分五厘。""仁曦"是我的表兄李恩光的字，当时他正在燕京大学读书。这本书的最后一页有一行他的"读后感"，同样是墨笔正楷："虽系译文（按：原文是意大利文）而文字并不生硬，熟练浅显，栩栩如欲活，文之伟作也。"

这本书是他送给我的，我那个年龄刚学着念"I am a boy"之类，后来看了觉得真有趣，那木偶每说一次谎，鼻子就长出一节，弄得不可收拾。书中配有滑稽有趣的漫画。我的这位表兄在当时是我们表兄弟姐妹们当中学问最大的，对我的幼年自然影响也比较大，他说我长大了上大学就要上燕京大学，那里有座"临湖轩"，"临湖轩"里有位"坐如钟""立如松"的校长司徒雷登，如何如何。我的表兄似乎懂得很多，能背出莎士比亚的十四行诗，还懂得什么叫"美学"，朱光潜先生的《给青年的十二封信》最早也是他送给我的；喜欢背辛词："我见青山多妩媚，料青山见我应如是。"我上中学以后来往渐渐地少了，他已经做了教书先生，话似乎少得多了,循规蹈矩地忙于日常的事务,又好像常有什么心事压在头上,时常皱着眉头,闷闷的。1949年以后,他依旧闷闷的。看了《别了,司徒雷登》,曾自言自语:"他不当大使就好了。"早年那种热衷文学、书生意气的样子渐渐地淡去了,人也发胖,向平庸的中年男子的方向发展了,表嫂好像对他"管束"很严,亲朋传说,他有些"惧内"!几十年来,山南海北,他到了哪里我不知道,大概已经做了古人。今天我已入老境,忽然重见六十多年前的这本小书,不免想起赠书人当年的身影和言谈举止。

还是回到那本《木偶历险记》上来吧。上个世纪20年代末,上海世界书局策划出版了一套"华文译注世界近代英文名著集",《木偶历险记》是其中的一种,最吸引少年读者的,首先是那故事情节的趣味,充满着美妙的想象,同样重要的是那文字的顺畅、简捷而又传神,让读这书的青年人在不知不觉中学到正确的英语,体会到那些句子中蕴含的优美和幽默。这样的书读多了,自然而然会起到陶冶性情的效果。

书的正文前面的"发刊旨趣"(署名沈知方)说明了出这类书的目的。第一是"促进新文学的创造",说要创造新文学,吸收西洋文学的精华是必需的方法,因此选辑的英文名著,"都是西洋感动万人的作品,正足以指示我们文学上的种种新途径"。

第二,为"改进英文的研究",选入的都是文字优美,久已驰名的名著,俾有助于"读者不仅能得英文研究上的进益,且能得到文学上的修养,文学上的兴趣"。

第三，"补助学生修业"，在选材方面特别考究，"尽可能的以供给我国青年的需要、以介绍学者不得不知的思想为标准"。

这篇"发刊旨趣"，要言不烦，与今天某些图书广告之花哨、商气十足相比，显得特别朴实而又清新。那个时候正在"五四"新文化运动以后十来年左右，用白话文取代文言文来写作已成气候，还很需要优秀的西洋文学的滋补，"世界书局"发刊这套丛书正为时之所需，人之所望。我在中学时在课外读过的《茶花女遗事》《莎氏乐府本事》《金银岛》《少年维特之烦恼》《社会栋梁及人民公敌》等等，都是得之于这套名著的。每种篇幅都不大，但首尾完整，书末附有标明页码的中文注释，免去了查字典的麻烦。

可惜几十年来，这些书不知怎么都不见了踪影。最近《木偶历险记》的突然出现，便立有如见故人之感，并且想起了当年学英文时的情景。

翻过这一页

中央电视台《东方时空》为纪念改革开放二十周年,每周末播出以"流金岁月"为栏目名的专题片,每次一个主题。主意和编排都好得很,看了使人振奋于二十年的巨变,同时抚今追思,也不禁令人感慨系之。

一次播放的是农村的翻天覆地的变化。其中有一段安徽省凤阳县小岗村农民严俊明等首倡"分田到户"的回忆。那真有点像过去搞"地下工作",人人都作了"坐班房、掉脑袋"的准备。他们一个个在"分田到户"的契约上按手印,相约对外不漏风声,并且相互发誓:谁要被抓进牢里、砍了脖子,别人要负责把他的子女拉扯成人!这一幕真是悲壮得很。小岗村就这样得救了。直到万里去看了,抓了一把丰收的花生,带到省里让大家尝尝小岗村的花生,农民才第一次放下了心。"分田到户"也从此逐渐而迅速地在全国农村铺开,这个节目看过的人一定很多,我看了以后是非常激动而又感慨万千的。

于是,我想起了一段我的"挨饿"经历。其实,我的这点儿经历在当时实在有如纤芥之微,真算不了什么。然而,既是亲历,也就忘不了。

一

1959年9月,我从欧洲回到了离别四年的祖国。那时中央机关正组织机关干部到农村下放劳动。我于是郑重地递上了一份"申请书",写道:我是"三门干部",况久居国外,不了解民情,要求批准我下去劳动。申请很快获准,我们十几人组成一个团下放到豫西获嘉县某人民公社某生产队。行前,领导指示,下去主要是参加劳动,当"普通劳动者",服从当地基层领导的分配。我非常兴奋地上路了。

二

火车走了一夜到了获嘉县,县领导到车站来接我们。我们排好队进入县城时,只见倾城男女老幼手持五颜六色的小三角旗拥到街头欢迎我们,街上的横幅上写着:"欢迎中央干部下放劳动!"我们来到县政府大院,被告知要先在县里住三天,县领导为我们"洗尘",并介绍情况。三天"洗尘",三天大摆宴席:食堂里摆满了圆桌,鸡鸭鱼肉俱全,县里各级干部"作陪",少不得强迫性的"劝酒"。至于介绍情况,我至今只记得一句话:"三年之内定把获嘉县变成本省的'小乌克兰',粮食堆满仓,牛羊满地走!"

三天过后,在公社又是一天,那"洗尘"的规格虽不及县里,却也堪称丰盛,翌日清晨,一辆大卡车把我们送往目的地。到了生产队已近中午,队干部把我们安顿下来之后领我们去食堂吃饭。那是一大间破烂而昏暗的草房,几张破八仙桌上堆了一堆瘦小干瘪的红薯，这就是午餐了；这时有些农民凑上来啜嚅着，吃吧，就是"这"；这东西不充饥。当时我不曾想到，就连"这"，以后也没有了。

三

"洗尘"存下的油水很快耗光了，渐渐地觉得胃里空空的了。那时正是"公共食堂好"的时候，"吃饭不要钱"。开始时，食堂"司务长"用葫芦瓢把清汤寡水的"糊糊"盛在农民伸过来的容器里，每个农民领全家的，"司务长"按各家人口分，成年人一勺，孩子半勺。随着口粮配额的减少，"糊糊"日渐稀薄。

我们下放干部隔一段时间就要和队干部一起被召到县里去参加"三级干部会议"。特别是1960年春季会开得格外勤。每次开会都自带干粮，那等于侵占了一部分农民的口粮，因为我们带的馍比起在食堂那份"糊糊"毕竟厚实得多。所以每到开这种会的时候，我心里常感到难以消解的"愧疚"。

每次这样的会的内容都有一个叫人揪心的问题：口粮又要减少了。最后一直减到每人每天六小两"毛粮"。那时正轮上我当"司务长"，"巧妇难为无米之炊"，六小两"毛粮"撒在一口大锅的水里，立刻漂忽忽地不见了。菜是没有的，只能在稀汤里放上一把粗盐，好歹有点咸味儿。

某日，队干部和我们又被召到县里。上面说了，"公共食堂"是要"万岁"的；麦收前的困难是"暂时"的；口粮太少办食堂有困难，作为临时措施可以允许农民领回口粮自己开伙。不过一再叮嘱，麦收后马上恢复。不料回到村里向农民一传达，个个毫无反应，呆呆地茫茫然。一个声音打破了沉寂：锅没有了，用啥开伙！原来各户的铁器早被"一平二调"去"大炼钢铁"了。

四

好不容易挨到了麦收。虽然算不上好年景，麦场上的小麦已是堆满了。上面又有"精神"了：让农民放开肚皮大吃三天，然后"阔日子当穷日子过"，仍要按低水准的口粮标准吃。那三天可真是开了斋，连我这样的文弱书生一顿都能吃一斤多馒头。有的农民因此吃得胃出血。三天很快过去了，麦场上的小麦也很快上缴得一干二净，大家又半饥半饱地盼着"秋收"了。

五

原来饿肚子要得浮肿病。十个人中有八九个得了这种病。一天，我正挖水沟，忽然觉得好像踩在一堆棉花上一样，腿发软，站不住，原来下肢已肿得滚圆。上面知道了，"中央下放干部"浮肿那还了得，连忙用排子车把我拉到县医院，又吊瓶子又注射"肝精"。就在我住在医院时，听说我们生产队一个得了浮肿病的农民饿死了。我难过了好半天，心里特别抱愧，因为他既不能吊瓶子，更没有"肝精"注射。

几天后我回到生产队特意去看几个浮肿未消，躺着呻吟的农民。我酸楚得无以名状，回到宿舍，只我一人，不禁唏嘘良久。

其实那些"肝精"并不能使我完全消肿，直到几个月后回到北京时，同事们还惊讶于我何以"胖"了一圈儿。

六

麦收是农民最忙最累也是最高兴的日子。在田头休息时，说些家常话，实在是少有这样心情轻快的时刻。我刚收到家信，我的女儿刚刚在5月30日来到这个世界；妻在信里跟我商量给孩子取个什么名字。农民们像自家添丁一样兴奋，特别是妇女们。她们纷纷给我出主意，一个说，就叫个"满篮"吧；另一个说，还是叫"满仓"好。朴实的农民忘不了"以粮为纲"。在那年月，他们饿怕了。我在信里把这一切写给了妻，还建议女儿芳名一个"丰"字。

七

"秋收"到了，看样子玉米长得不错。生产队干部给我们布置任务了，叫我们在玉米地周围巡回"守秋"，还有一项侵犯"人身权利"的任务，就是凡农民从玉米地里出来的，都要搜身，因为有的农民要"偷秋"，即在收割时顺手在自己衣服里私藏一两颗玉米棒子。我们从北京来的几个人商量了一下，一致认为这事干不得，决定："巡回"可以，

"搜身"不干。生产队干部耸耸肩,没有勉强我们,他自己去干了。

"秋收"刚收了尾,中央下来了反对刮"五风"的"十二条",我们奉调立即撤返北京,此时刚好下放一年。在我们离开的那一天,在村口发现,一群农民自发地在"批斗"一个队干部,只见那干部双脚踏在两叠砖头上,低头弯腰,双手下垂,颈上挂着一条长绳,两端各系一块砖头。农民们本能地把他们饿肚子同队干部的盘剥联系起来,因为一切的一切都是通过队干部干的。几年以后"文化大革命"中常见的场景——当然规模和猛烈程度都大不相同——我提前在这里看到了。

我们这些"中央干部"与来时的情景不同,悄悄离开了,无论是生产队,还是公社或县里,都没有见到手持五颜六色小旗来"欢送"的人。对于这一年,我们各自对所见所闻都有些看法,回到北京召开了一个"总结"会,写了一份报告交上去了。至于报告起草人是否写了实情,不得而知;否则怕难逃"反右倾"的"法网"。不久,我所在的单位就奉命搞起"反右倾"运动来了。

以上就是因看了《东方时空》的一个节目引发出的我的"挨饿"纪实。今天二三十岁的青年看了那节目或许不解:不就是要种地、要吃饭吗!何至如此悲壮!是呵,实事求是,说起来容易,然而,它是用多大的代价换来的呵。

原载《文汇报》1999年1月24日

杭绍行

金秋时节,举家去杭州玩。举家者,我们二老并自欧回国探亲的女儿也。杭州已去过多次,不过每次去都是为了"公务"。这次是平生第一次"自费"旅游,心境自然大不相同,松弛得多,因而也自在得多。

到江南来最触目的是那绿色。"春风又绿江南岸",现在是深秋,那绿色便是浓浓的,扑扑拉拉地铺天盖地,与春天的绿自然不同。宗璞极写西湖之绿,此间的朋友也说写得好,说只有久居北地的人才会对绿色有那么强烈而别致的印象,南方人习惯了,所以不觉其奇。西湖的绿,我特别觉得它有一种动感,好像到处在飞,把一切的一切都罩在里面了。

杭州古来有两类景色。一种是天然的,纵有亭台阁榭点缀其间,整体还是天然的。唐张祜有句:"不雨山常润,无云水自阴。"写的便是西湖本色。东坡名句:"欲把西湖比西子,淡妆浓抹总相宜。"也写天然之美,但似不及张祜的清逸恬适。另一种景色则是繁华盛装的旧都,袁宏道所谓"绿烟红雾,弥漫二十余里;歌吹为风,粉汗为雨,罗纨之盛,多于堤畔之柳,艳冶极矣"。这样的西湖,俗得多了,还有什么意思。

这后一类景观到了今天，更有了新花样："一座一茶"的茶座，拉开阵势，不是打扑克，便是搓麻将，大都是青年人，真辜负了大好风光。在西泠印社"搓麻"，这协调么？那些如灵峰、郭庄等处实在是理想的去处。郭庄的一座玲珑剔透的假山石，俏然立在湖边，山顶上有座古色古香的亭阁，匾额上题"赏心悦目"四字。于是攀援而上，亭子的门半掩着，推开一看：一张古朴的八仙桌，围坐四五个青年人，哗啦啦地"搓麻"，而且弄得烟雾弥漫；原来这间亭子租给他们了，明码标价：半天一百五十元。我们当然只好无趣退下。跟着我们上来的"老外"，也是上来、推开门，退下。在灵峰那竹林山涧之间宛如仙境，却也有两桌扑克！风景，风景，真真地煞风景！杭州的青年人怎么了？不过，西湖毕竟很大，总有许多山光水色是麻将、扑克们去不了的地方。一天下午，我们四五个人，泛一叶舟，任它在西湖上飘了三个小时，清风徐来，水波不兴；暮色降临时，水平如镜，远处山峦，逐渐由青绿变为紫黛，对于我们这些"爬格子"的人来说，所谓"天堂"便是如此了：无"丝竹"之乱耳，无"案牍"之劳形，不闻"卡拉OK"之喧嚣，远"车水马龙"之轰鸣！

离杭前一日前往梅家坞访茶，承蒙五十年代老劳模沈顺招同志热情接待，亲自给我们当向导，登上她承包的茶山，上下左右一层叠一层、一簇接一簇地绿满山头。据说，翻过山便离龙井、天竺不甚远了。那"周总理纪念室"也修得质朴，与周围环境十分和谐。主人待以新炒出的秋茶，我们当然乘机买了一些。如今市间"龙井"，很难觅得上品，而且假冒伪劣不少。沈顺招在"文革"期间当然遭了难,茶山也毁了。近十来年,她承包了这茶山,生机盎然,盖了两幢漂亮的两层小楼,一幢儿子住,一幢女儿住,她和老伴儿仍住稍加整修的旧房子,因为习惯了。告别主人,回城路上桂香夹道,沁心何似!

杭州与绍兴之间,车行不过一个多小时,其间走了一节"高速公路",不算长,竟索"养路费"三十五元,不知何所据?

在绍兴,除百草园、三味书屋、兰亭、沈园等访者必到之处,有两处于我印象最深。这两处一大一小,大者东湖。人云:去了西湖,不可不去东湖。信然,湖水狭长,深而清,乘乌篷船转三个洞,洞中的水据说深可十几米,四壁冲霄,留出一方青天。船在洞中几乎等于是自转,转弯抹角之处,非得有"船老大"那般技艺本领才能操纵自如。那山势奇险,直上直下,却又奇秀,青石面,洁净无苔痕,像几把利斧斫出来的。于是想到山水画中的皴法有所谓"大斧劈""小斧劈",就是这种样子。

小者是"青藤书屋",是明徐渭的故居,无大奇特,却足怀古。徐文长一生坎坷,晚年得了精神病,因狂病杀妻下狱,潦倒以终;幸有诗文书画传世。他的狂草,尤蛇飞动,似欲吐尽胸中闷气。正院迎面假石数叠,草书"自在岩";侧院有小水池,立一小柱,楷书"砥柱中流"四字,传也是徐文长写的,可见书生逸气中还藏有若干豪气。袁宏道说他胸中时有"一段不可磨灭之气"和"英雄失路托足无门之悲"。正房内悬一联:"几间东倒西歪屋,一个南腔北调人。"

当是后人写的,那字写得很不怎么样,写字的人是谁,我没有记住。

沈园青藤书屋等都有许多楹柱对联,但未见汇辑成册;这类文事,每乏有心人理睬,很是可惜。

原载《文汇报》1996年12月4日

匆匆津门行

天津就在北京旁边,可是我几十年没去过几次,它是个什么样子,一点印象都没有。这回下决心利用周末两天不去医院做"血液透析"到天津走了一趟,像串邻居一样。不过两天下来对这座城市的模样还是模模糊糊的,主要原因是我走不动,只能"走马观花"。真的是"走马"了:天津有一景曰"五大道",即五条新修的"旧租界"连成一条类似椭圆形的环形道。在进入"五大道"区的地方有二三辆装饰得还算漂亮的四轮马车,延揽游客逛"五大道"。那马着实漂亮,高高大大的。赶马车的跟我们要了一百元,半路上又有一对中年夫妇带一个男孩上了这辆马车,付了五十元,就把所有的座位占满了。就这样我们逛了"五大道"。都是样式不一的小洋楼,我的印象里好像是进入了某个西欧城市的"近郊区"。心情比较舒畅的是,马蹄的嘚嘚声,免掉了我两腿的疲劳。还有,这几条道人烟稀少,车也少,行人都很悠闲自在,街道一尘不染,远离了大城市的喧嚣。在北京、上海是找不到这种地方的。

中午我们到有名的西餐馆"起士林"吃西餐。德式大餐向来大,我们只能吃回三分之一,一算账,竟十分便宜,这在京沪是办不到的。

重要的是去寻访了老伴六十年前住过的旧居"昭明里"。这条小弄堂与簇新的"五大道"对比鲜明，资家住过的小楼已破旧得不堪入目，里面挤住着五户人家。天津人好客，友善地让我们"登堂入室"，那样子不禁使六十年前的老住户感慨不已。我想起了贺知章那首诗，不过改了几个字："少小离家老大回，乡音已改鬓毛衰。乡里相见不相识，惊问客从何处来。"紧邻的一座更加破旧的小楼，窗玻璃糊了报纸，捆了绳子。那是几十年前赵家的住处。这家人在乱世中流离失所，不堪言说，只他家的老三，绝学中西而别有坎坷，现蛰居域外，已年近八十了。近日来鸿，言语之间犹带难以抹去的乡愁。走出弄堂口，把角一座小楼却是刚修缮一新了的，那是当年被日军枪杀在马路当中的赵校长的旧居。一位五十多岁的男子搭讪说：赵校长就死在那儿，他手指着马路中央。问他以他的年龄是怎么知道的，他说，不久前赵校长的儿子来过了，照了几张像；赵校长已被追认为烈士了。这个男子和路旁一个老太太一直把我们送上车："再来啊！"我心中升起一种莫名的感伤，虽然我没有住过"昭明里"。

此行的目的之一，也是主要目的，是看看梁启超故居。这里扼要记录了梁启超一生事迹，用各种有意义的资料展示了这位思想家的精神面貌。我对陪我们前来的南开大学历史系研究生说：你们历史系的学生都该来看看，这是中国近代史的一个缩影啊！问她历史系的学生们来过否，她支吾其词。参观的人看来很少，很冷清的样子。

听说李叔同出生和成长的旧屋已有翻新的计划。李叔同自弱冠之年随母移居南方之后，似乎再没有到天津来过。我们问"旧屋"在哪里，没有人回答，只好作罢。

剩下一些时间，闪电般去看了一下"广东会馆"的旧戏台。那里有一个相当齐备的戏曲历史展览，从南北曲、汉徽调到后来居上的京剧源流，很有些文艺史的价值。天津不仅是北方戏剧的重镇，而且也是现代音乐的重镇。天津有许多有特色特长的东西，在北有北京、南有上海的形势相比之下，不能如想象般地那么彰显。这或许是天津的"不幸"？

这次津门之行的由头，实是从一种学术关怀而来的。一是资中筠曾应邀参加了一个南开大学历史系举办的研讨会，对南大历史系的默默耕耘而成绩斐然的印象很深。再就是我写过一篇纪念雷海宗先生的文章，不料被雷先生的入室弟子、南开历史系王书翰教授看到了，而他正在编辑雷先生的旧文和关于雷先生的文章，以弘扬雷先生的治史精神。于是我们就联系上了，电话交谈颇有同感。后来他主办纪念雷先生的研讨会，约我去，我适病重，未能应命。这就成了我一定要去一趟天津的原因。这次总算见到了历史系几位先生，攀谈之余，乐何如之！几位先生各有专攻，从相对冷僻的希腊史、拜占庭-罗马史到今天的眼花缭乱的世界舞台，弥有阙漏，更不要说中国的历史了。天津好像不如北京、上海等地那样"热闹"，潜心做学问的人或许少了些应酬性的活动和某种"诱惑"，这未尝不是件幸事。

匆匆津门之行，对这个城市的总体形象仍是模模糊糊的。不过我终于还是去过了。

我看上海

近几日看了"笔会"版刊有程乃珊女士比较沪港两城的文章，觉得有趣。我既非上海人，更非香港客，没有资格妄言比较。香港，几不敢置一词，因为没有去过。对于上海，我倒可以说上两句。

如今讲"现代性"，总是同"国际性"连在一起来说的。像上海这样的中国第一大都市，要讲"现代性"，尤其必须面向世界。然而，上海之为"国际"城市，乃是或应是中国的"国际性"城市，这才是上海的特色，是她不同于纽约、巴黎、伦敦、东京等城市的独特之处。当然由于历史的原因，也与香港不同。

我每次到上海，多只是在教育界、学术界的圈子里转，见闻有限。例如今年春天到上海，就无非是到复旦、华东师大等去会晤师友，或者也叫作"讲学"；同《文汇报》的朋友们谈天说地；只插空子看看上海。腿脚不灵便，便拣力所能及的地方去看看：夜色初临，登上东方明珠俯瞰，灯光如繁星般璀璨；白天在《文汇报》大楼顶上览尽东西南北，林立的高楼之间虽然还夹杂着不少拥挤而狭窄的小弄堂，但是我却感到到处都在运动、变化，有一种以新换旧的、昂扬向上的、不可遏止的飞动之势——那大动脉正跳得紧。至于外滩的夜景，不知道别人怎样感觉，反正我一进入那天地，便眼睛为之一亮，精神为之一振；不可否认，上海正阔步进入新世界！

驱车过浦东，去时走南浦大桥，回时穿杨浦大桥。记得当初几十年前坐"摆渡"的情形，恐怕只有上了些年纪的人还留有印象。我对我的上海朋友们说，一定要去看看"人民广场"。我记忆中的广场，是每逢五一、十一的人海如潮，红旗招展，那也是很壮观的。但现在的广场则不仅是壮观，而且是另一种充溢时代气息的、具有中国人文气度的瑰丽景观。那座造型恢宏而凝重的上海博物馆，气宇非凡地立在那里，那里的"青铜器馆"是非去不可的：收藏之富，可见其古；装点陈设之现代化，可见其新。我敢说，这个博物馆比起世界上的大博物馆来，也足可颉颃上下而无愧色；与当年蜷缩在河南路的旧馆相比，更是天壤之别。一座歌剧院正在破土动工……50年代时到了上海，免不了要指指点点：何处属英租界，何处属法租界，等等。这些对于今天的大多数上海人来说，早已是历史陈迹，谁也不会对那种"租界"生活有什么怀念了。

我对上海朋友说，很应该把上海的历史和今天，她的传统和现代，即上海整体的独特性格，用文字、用图示充分地表现出来。从前一提上海，便是"十里洋场"，便是"冒险家乐园""东方的巴黎"；后来提起上海，便是她的重轻工业、遍布各处的大中小商店，这都是事实，多是属于物质方面的东西。但是往往或多或少地容易忽视她尤其是江南文化集中荟萃之所。左近方圆的绵延多少世纪的吴文化，养育了和滋润了上海的人文土壤。如果没有这些文化的背景和营养，就不会有上海。今年春天，我又去了一次刘海粟美术馆，走进了朱屺瞻纪念室。身体不行，但还是特意驱车走过了既古老又簇新的徐家汇：不为别的，只是因为这里曾为上海贡献出第一位有革新思想的政治家和科学家——十六七世纪的徐光启。与徐光启同时代的还有一位华亭人董其昌，都知道他是位大书画家，至于他曾支持过徐光启"博选天下奇材"的练兵计划，也许知道的人就不是很多了。总之，上海的"新"有着深厚的历史积淀。上海，江河不拒细流，故能汇集百川而成其大。

自然也偶有稍觉不适之处。我的一位老同学邀我们在一家外资五星级大饭店吃饭。席间，一位服务员，电影里外国大饭店"BOY"的同样装束，上菜时在我耳旁轻声毕恭地一声："Excuse me, sir！"使我吃了一惊；我料想他该是知道我是中国人的，这是他的职业习惯。不过我仍然有几分不舒服。我的老同学也摇摇头，他说没办法，他那个学校毕业的学生受雇于这家饭店，连名字都改成了Henry、John之类了。有人说这没有什么，有些外国人不是也取个中国名字么？我想这到底还是不大一样的。据说，香港街上在十五岁到七十岁之间的行人中，随便找一个人都能说英国话，有些场合讲中国话倒反觉稀奇了。相比之下，上海便显得"老土"。香港有香港的历史，成为"英语世界"，我不好说什么；但我可不愿意看到有朝一日上海满街上都讲英语，以此来表现"现代性"和"国际性"。敝人出身西语系，长期涉足"洋务"，洋文自然颇会几句，但只是同外国人才讲的。"现代性"与"英语世界"没有必然的联系。"拜拜"绝不比"再见"更现代一些，却多了些"次殖民"气（借用董乐山先生语）。

不久前某报载，上海某"超市"只准许外国人带包入内，不许中国人带包。"美籍华人"某公，以其黑发黄肤而受阻，某公愤而质问该"超市"经理，答曰："中国人素质低！"敝人看罢，喟然叹曰："此事本为昔日有，今朝缘何又得闻！"呜呼噫嘻！

复旦的朋友问我们还想到哪里看看，我们说，找个人少的地方，就去嘉定吧。于是我们一行四人驱车前往，在秋霞圃、汇龙潭、孔庙等处走走，颇尽人文之趣，好不惬意！那天清晨，落了几丝雨，地上微微有一点润泽，空气清爽至极。那里有个小型展览，把大上海的源起和区划勾勒得一清二楚。"嘉定屠城"，史有所载；展品中有一石碑，平放在地上，碑文系某士绅着人镌刻，中记"粤兵"（"太平军"）屠戮强掠之祸。"解说词"特为标出地主阶级之反动立场昭然可见云。嘉定人文荟萃，而且自19世纪中叶起中国通于远邦以来，历代出了许多外交家，识者可以一一道出他们的名讳来。从嘉定回城，在路上我想，上海不仅有南京路、淮海路……也还有嘉定这样的地方。上海见于她的经济腾飞、科技进步、商贸繁荣，也见于她的历史人文、锦绣华章。好像到了巴黎，如果只在香榭丽舍大街逛来逛去，而不知有凡尔赛、枫丹白露，那也就没有见到巴黎的全貌。

我不愿妄比沪港。我只是说，上海提供的视野是宽广的，厚实的，恢宏的；虽然比起香港会讲英语的人要少得不成比例。而且,重复一遍,我确实不愿意满街上听到"Excuse me, sir!",因为,"土"与"不土"不在于此。

原载《文汇报》1996年10月13日

甪直行

每次南行经过吴县甪直时，总不免想到叶圣陶老先生。叶老居于苏州，早年矢志教育，始于甪直，虽然在青年时就离开了，但一直视之为第二故乡。甪直和圣陶老人的名字是连在一起的。

我十分景仰这位老人，淡泊名利，以文教事业为全部生命。他有一首五律，我特别喜欢，是他七十九岁时作的。

我曾仿照他的字体抄在一方生宣上挂在墙上；叶老的字有些弘一法师的味道，心静如水。我心里偶然发躁时，想想这诗，火气就下去了。诗是这么几句：

> 居然臻老境，差幸未颓唐。
> 把酒非谋醉，看书不厌忘。
> 睡酣云夜短，步缓任街长。
> 偶发园游兴，小休坐画廊。

这次到上海来，真的到了甪直。朋友说那里有唐代彩塑罗汉，我则是为着圣陶老人去的。

甪直埠头广场上有一头石雕异兽，状如麒麟，叫"甪端"，头生一角，威武地维护着一方平安。司马相如《上林赋》说上林苑内"兽则麒麟、角𧱏"。郭璞注："（角𧱏）似猪，角在鼻上。"这大概就是眼前的"甪端"，只是写法不同，还有那只角，一个长在鼻子上，一个长在头顶上。又据说，"甪直"清初称"六直"，"甪""六"谐音，"甪"的笔画字形有如纵横交织的六条湖，乃渐渐以"甪"代"六"了，以象形着水镇的四通八达。

穿过埠头小桥，就是藏有唐人杨会之彩塑罗汉的"保圣寺"。20年代频频有文化名人至此，发现寺宇几近塌圮，罗汉屡遭漏雨，受损甚剧，于是多方奔走，集资修葺抢救。当时除叶圣陶外，还有蔡元培、胡适、顾颉刚、马叙伦、沈柏寒等都参与了这项善举，使彩塑得以保存。有碑文记其事，由马叙伦以楷书书之。遂寻访碑文拓片，未果。那彩塑果然是好，罗汉个个神态生动，上下木石错落，祥云环绕如彩带；其风格与北方所见不同。圣陶老人1977年重来甪直后补题七律一首，略记当年抢救文物的情景及塑像之美。镇上人把老人手迹刻在一块石碑上，立于保圣寺进门正中处。诗曰：

> 罗汉昔睹漏雨淋，九尊今看坐碧岑。
> 供奉无复教宗涉，来者唯好古塑深。
> 兼陈文物得其宜，位置树石见匠心。
> 重来愿酬逾半纪，此日盘桓豁胸襟。

"供奉无复教宗涉，来者唯好古塑深"，是说昔日古寺，几经修复，现已成为一座古物博物馆了。

寺外有一简朴的茶肆，只几张八仙桌，旧条案上方，挂着一幅山水画，两旁一副对联，整个陈设倒也不俗。顾客只我二人，茶肆主人是位十年前从苏州某工厂退休回乡的老职工，上了年纪做不来更多的事，便维持这个小茶肆，不为赚几个钱，只为消遣时日。他说生意很清淡，来甪直的都是"旅游团"，游人跟着导游跑，渴了就喝"可口可乐"，没有闲工夫坐下来品茶。我想，这是"可口可乐"冲击了"茶文化"！那茶，叫不出名字，但确是好茶。

循着茶肆主人的指点，沿着长廊和一片绿茵茵的草坪到了圣陶老人的墓地，墓碑长方横放，"叶圣陶先生墓"几个斗方大字，是不久前过世的赵朴初先生的手笔。墓地别无其他雕饰，也没有一个字的颂文，简朴高尚一如其人。墓地附近本有老人的纪念馆，正在翻修，所以未得入。

从叶墓到晚唐隐逸诗人陆龟蒙的衣冠冢，不过百米。所谓"衣冠冢"只是一个不大的土堆。陆祠已毁。陆墓前的斗鸭池和清风亭，说是照原样重建的，所以说是新造的"古董"，那造型还算古朴。清风亭旁的一株硕大高岸的银杏树，寿及千年，仍然满树密茂，老而益壮，是这片园子的可观的一景。

我因老而病，至此已略见疲惫了，但有一处无论如何也要去看看，那就是"王韬纪念馆"。于是沿小弄前行，小弄两侧一家挨一家的卖纪念品的小商店或饭馆，水乡的面貌都被遮住了。跨过一座小石桥后，青瓦白墙、小桥流水才露出面来。"王韬纪念馆"想来是在王韬故居的旧址改建起来的。王韬是我国早期启蒙思想家，大概他是最早接触域外文化的人，比康有为还早二十年。他远涉扶桑泰西，留下的著述，足可等身了；如写一部近一百五十年的中国启蒙思想史，以时序论，王韬当列首篇了。

奇怪的是，到纪念馆参观的，为数寥寥，且都张望一下后即匆匆离去。除了我们二人外，无人在王韬手迹、著述和生平介绍前留步。

游人们大多奔向"萧芳芳演艺馆"去了，相比之下，王韬的庭院便显得格外冷落；连那小巷子也不见几个人。也许，这与人们的"追星"心理不无关系。

走出水乡一步便是大片的甪直"开发区"。完全两个世界、两种味道。水乡现在还是熙熙攘攘的现代社会中的一隅"净土"，但已越来越不易保住它的宁静了。一批一批的游客使本来安宁的水乡喧哗起来。忙碌着的人把水乡当作舒展筋骨的地方。而且在现代化的脚步踏遍大地的每个角落的时候，水乡的人还能如往常那样生活吗？小小的甪直总不免要跟着现代化发生变化的。

原载《文汇报》2000年8月8日

贺岁短笺

亲爱的朋友们：

2006年即将来临，值此辞旧迎新之际，谨祝新年快乐，阖家幸福。并借此贺岁短笺向诸位报告一下我们这一年的生活和工作情况。

资中筠身体依然健康，活动如常。最大苦恼是时间不够用，力不从心。退休多年本无所谓"业"，只是把写作的性质区分下，姑分为"专业"和"业余"两大块：

"专业"——美国及国际研究。今年上半年应"三联"的建议，修订《冷眼向洋》准备重版。自己负责的部分，计划着重美国三个时期加以补充，本以为年内可以完成，却不料连一个时期尚未完成，一则因对工作量估计不足，二则插进许多别的事情。先是重新整理再版先父资耀华生前出版过的自述，加了许多照片，并尽自己所知，写了长篇对父母的补充回忆。书名《世纪足音——一位近代金融学家的自述》，由湖南文艺出版社出版。此书问世后有一定反响，比1993年初版引起更多注意。自己在特殊的岁月中，对父母极少尽人子之责，一直怀有深深的内疚，这件事算是多少了却一桩心愿。

下半年又因"文景"出版社建议重版《散财之道——美国现代公益基金会评述》一书，遂集中精力补充修订这本书，加了有关中国当前公益事业情况的一章。同时审读美国方面翻译此书的英文稿。现在这项工作基本完成。预计2006年可集中《冷眼向洋》的修订工作。

"业余"——一如既往，有所见，有所思，随时在电脑上敲打出来，形成文字。自上一个随笔集出版以来两三年中陆续写成的文字刚刚集结成册，清华大学出版社出版，题为《斗室中的天下》。扉页题词为"人生不满百，长怀千岁忧"。

此外，今年应邀参加了几次会议，作了几次讲学。其中由《散财之道》一书引发出来的意外的后果是，不知不觉与我国的慈善事业发生了联系，发现我国这一领域也正在迅速兴起，自己这本书和所研究的专题刚好被认为有参考价值，因而应邀向公益人士和志愿者演讲，这可算是无心插柳。

陈乐民在2005年已进入了第八年的每周三次、每次四个小时的"常规血液透析"，虽时有起伏，但情况基本稳定，在透析进行时还可以在比较清醒的状态下，看些旧书闲文。隔天及周末不透析的日子里，读书、作文，偶有短文付诸报刊，所以还是相当繁忙的。比较"重头"的工作是校勘重版《书巢漫笔》，整理出版《过眼小辑》和撰写《徜徉于中西文化之间》，前两种是上世纪八九十年代陆续写的"读书笔记"，多属陈言旧论；后一种概述研究中西文化的经验和心得。三本已交付出版社，总名《徜徉集》。估计来年初可以出书。因种种客观原因搁置了十年之久的《莱布尼茨读本》，从原本的"婆家"转到了"新婆家"，"嫁"时又做了不少校订的工作,大概年底可以面世了。今年上半年《欧洲文明十五讲》出了经过校订的第四版。由于身体缘故,更兼重听渐剧,所以虽然说不上"深居简出",确实不得不大大减少了朋友间的聚会。平时看书和所思所想仍然不离中西历史文化方面的比较研究,以便在比较中加深西方"启蒙"运动对一个民族振兴的悟解,盖横蹲心中者,常觉吾国吾民尚需启蒙。今年是第二次世界大战结束六十周年,借机对德国的民族和民族主义以及"希特勒现象"的历史根源作了一番梳理和考究,在一些大学作了几次报告。此外,今年是晚明科学家徐光启诞辰四百周年,因对徐光启有兴趣,发表过一些文章,上海徐汇区文化局举行纪念研讨会,邀请参加,因行程安排问题未能与会,寄去一文《大写的徐光启》。又北京大学哲学系举办冯友兰先生冥寿一百一十年研讨会,发来邀请信,也因南行未能参加,寄出一文:《我读冯著》。陈今年的工作大略如此。

2006年计划除修改(主要是"改")《冷眼向洋》欧洲部分外,便集中为写《启蒙运动史》作些案头准备。老天保佑,但愿明年比今年做得好些。

总的说来,我们生活得很充实,并无退休老人的失落和寂寞感。清心寡欲,乐天知命,个人可以无忧。女儿虽已定居国外,但每年还能回来两个月,并有一极可爱的小外孙女,增加不少欢乐。每年秋天作江南行,于身心均有益。只是从陋室向外望去,这个社会,这个世界,却令人忧思不断,这些忧思常流诸笔端。我们的著作从来不会"畅销",这点有自知之明。不过以文会友，也因此而收到不少素昧平生的读者来信，同时也结识不少有共同语言的新朋友。平时还受到不少年轻朋友的关心和照顾，使我们感动和感激，差可告慰。

原载《文汇笔会》2006年1月2日

珍贵的纪录

从苏格兰的首府爱丁堡到格拉斯哥之间，是一片开阔的丘陵地带，这里有座美丽的山村，叫斯特岭。去年十一月略有寒意的初冬，意外地遇上了一个阳光灿烂的好天气，苏格兰-中国协会副会长、七十多岁的洛甘老先生陪着我们在湖光山影的斯特岭大学校园里漫步。校园里栽种了十几丛杜鹃花。据洛甘说，杜鹃花是18世纪从中国传来的，它成为这座美丽的山村同中国发生联系的一个渊源。

早在20年代，洛甘先生曾经到中国来过。回忆当时的情景，他显然是有些激动了。那时，他只有二十岁出头，是作为一家烟草公司的小职员来到中国的。他到过不少城市和农村，那是多么暗无天日的时代呵！在告别这块苦难的土地的时候，他曾下决心不再到这个国家来了。

二十多年以后，在遥远的东方出现了奇迹，中国人民站起来了！老洛甘眼神一亮，用中国话说："解放了！"他又一次来到中国，似曾相识的华北平原、西北高原，南及两广，北至长白，吸鸦片的大烟鬼不见了，趾高气扬的洋大人无踪无影……中国变了！

从斯特岭大学出来，洛甘提议到他家去吃茶。车行不过十来分钟就在一条小溪旁停下来，我们步行穿过一座只能容两个人并行的小木桥，一条蜿蜒于葱茏佳木之间的小径把我们引向洛甘的住宅。在吃茶时，洛甘给我们放映他亲自拍摄的电影：一部分是他 20 年代首次在中国拍的，另一部分是他在新中国成立后重访我国时拍的。老人说，他经常放给朋友们看，这是黑暗的中国和光明的中国的珍贵记录。他还说，在他有生之年，还打算用笔把他亲眼所见的在中国发生的伟大变化写下来。中国是一个多么可爱的国家！老人自豪地说："对于这一切，我是最有发言权的。"

当我深情地同洛甘先生告别时，这位青年人一般的老人，语重心长地对我说，请向中国的青年朋友们致意：记住黑暗的过去，热爱中国的今天和明天吧！

原载《中国青年报》1979 年 10 月 27 日

李约瑟书斋记

我所说的李约瑟"书斋",就是世界著名科学家、英国皇家学会会员、剑桥大学冈维尔和凯厄斯学院院长、英中了解协会会长李约瑟博士的"东亚科学史研究所"。也许可以说,这座十分平常的小楼是去年访英之行最吸引我的地方。

我们抵达英伦时已届寒冬,到剑桥的那天早晨云低雾重,沿街一片瓦灰颜色。午后,我们冒着蒙蒙细雨到布鲁克兰茨路十六号李约瑟工作的地方去做客。一座三层小楼矗立在并不宽敞的院落中间,绕楼一圈发绿的小草坪,点缀着几棵同寒风斗胜的红玫瑰,这一红一绿,在这种天气里显得别有韵致。这就是产生《中国科学技术史》浩瀚巨著的地方了。

鹤发童颜的李约瑟博士,八十岁了,步履矫健,竟无老态。他把我们引进了小楼,那本来就不宽敞的楼道竟被书架占去了三分之一。客厅的陈设十分简约:几张沙发、一个茶几,三面墙依然是直顶天花板的书架。在进门的右侧墙上悬挂一幅郭沫若同志一九四三年在重庆写给博士的题词手迹,文曰:"科学为人类精神之最高发展境地,科学家之生活无殊于古之圣者,世人以物质文明菲薄之,皮相之至。"那时,《中国科学技术史》的纲目轮廓在李约瑟的头脑里已大体酝酿成熟了。

李约瑟博士同对外友协代表团团长楚图南同志攀谈时，我就悄悄溜出了客厅，串进了老人的两个工作间。那里分门别类的科学技术典籍使房间颇嫌拥挤。这真是书的世界，而使我感到格外新鲜的是，还有许多像《齐民要术》《天工开物》《梦溪笔谈》《本草纲目》之类的线装书。中间一张大写字台，一头摊开许多大小规格不同的卡片。李约瑟博士总是亲自动手摘记资料、编写索引和目录的。有时为了找齐一个材料，必须向国内外大图书馆、研究所函询。当然，也要答复来自世界各地的提问。他为了研著《中国科学技术史》这部学术巨著，已经费了三十多个寒暑，还曾经走遍中国的南北大地，真称得上是"读万卷书，行万里路"。他为这项科研项目还特意刻了一方"为中国科学技术史用"的篆体图章。在这两间斗室里，他废寝忘食，全神贯注，使用材料一再核实，务求其确切无误。有一次为了查清一个针灸资料的最早出处，助手们查遍了两百多种资料。他的助手说，偌大的功力就是为了要这短短一行字。

李约瑟博士为什么要如此专注地长年研究中国的科技发展历史呢？他是怎么想的呢？他认为：中国的全部科学技术史应该是任何一部世界成就史中不可缺少的组成部分。他确信，有着如此光辉古代的中华民族，定会有更加光辉的今天和明天。他是抱着对中国人民的深厚情谊和殷切期望来进行这项研究工作的。

是的，这小小的工作室诚然没有什么特殊之处，无非到处是书而已，但它激励了我，使我受到启发。它凝聚着一种严肃的治学态度、赤诚的事业心和为科学献身的精神。同时，偶然地我内心深处却也不免略有感慨：我们中国古代的科技发展史，我们自己没有系统地整理，却由一个外国人以全部精力为之！

当我们告别李约瑟"书斋"时，楚老中肯地为主人写下了八个字："锲而不舍，为而不有。"

原载《人民日报》1979年7月8日

斯泰兰怀古

从伦敦来到爱丁堡正是晨光熹微时分，在一场细雨之后，太子街显得十分润泽，连空气也好像洗过的一般，清新中溢着水气。太阳从太子山后露出笑验，在古朴的街道上洒满辐射下来的光，使这座古城生机勃勃。

然而，苏格兰最有代表性的还是那些山谷、草原和古堡。

在爱丁堡与格拉斯葛之间的山地上，有座村庄，叫斯泰兰，那儿的一片草原在十一月的初冬仍是碧绿如茵，当然比起苏格兰北方的一望无垠的大草原、白云般的羊群来，这斯泰兰的草原怕要相形见绌了。斯泰兰有座古堡，据传说是中世纪一位苏格兰王为防御异族而修筑的。它屹立在斯泰兰中央凸地的山崖顶上，占据了这城堡，就占据了南北苏格兰的一个制高点，等于扼住了一个巨人的脖子。从城堡的雉堞墙向堡外远眺，四周都是一马平川；而俯瞰下去，则深沟高垒，气象森严。环城有几处隘口易守难攻，有一夫当关、万夫莫开之势。在这里讲述两军的对垒和鏖战，很容易把人们带进"枭骑战斗死，驽马徘徊鸣"的古战场的情景中去。

每个民族都有自己值得传诵的历史。苏格兰人自古就有骠悍骁勇的山民之风，他们为了耕耘、建设这块肥沃富饶的土地顽强奋斗了几个世纪。相传远古时代,这里早已是繁衍生发的牧野了,人们过着自给自足的游收生活。突然一群北地来的野蛮人,烧杀抢掠之后,只留下一片焦土,于是一首哀歌在民间流传下来:

> 这里的树儿永不再生长,
> 这里的鸟儿永不再飞翔,
> 这里的铃儿永不再摇曳,
> 这里的鱼儿永不再戏浪。

大地好像死寂了。然而人们是要生存的。过了不知道多少年代,一位勤恳的僧侣在焦土上种了一棵树,树上系了一颗铃,风一吹,铃儿响了,鸟儿飞来了,水里的鱼儿游起来了,牧人们伴着羊群回来了……人们凭着自己的双手,唤来了生机,苏格兰的草原又兴旺起来了。

到了公元 84 年,罗马将领阿格里克拉又杀将过来,他征城掠地,妄图一举吞掉这北国的沃土。苏格兰民族的祖先皮克特人没有间断过反抗外敌的战斗。几个世纪当中,自弗尔斯河以北的广袤土地,好战的罗马人从来没有得以立足。苏格兰人为自己祖先捍卫民族尊严的荣光至勇、浩然正气,世世代代引为骄傲。当然其后仍不乏内战频仍、王朝更迭、农民起义……直到 17 世纪克伦威尔统一了大英帝国,苏格兰便在统一的大不列颠国家中发挥着自己的作用,为英国、为欧洲、为人类作出自己的贡献。

是的,置身苏格兰自会为她的跌宕起伏的历史而神往;

而诞生在这里的许多文豪、哲人、科学家尤其使人不能忘记：詹姆士·瓦特发明创造的蒸汽机，为恩格斯称之为工业生产的"狂飙时期"开辟了道路；古典政治经济学的伟大代表亚当·斯密的巨著，对于英国以及世界的资本主义经济发展产生过巨大影响，并为马克思主义的三个来源提供了必不可少的因子；文学家司考特、诗人彭斯、哲学家休谟、数学家默雷，等等等等，都为人类的文明和智慧增添了自己的一份异彩。

只弹指间，若干个世纪一挥而过：我不禁想起宋末元初的哲学家邓牧的一句话："计岁月之于人生，忽然尔；计人生之在古今，亦无几尔。"不过，他于此悟出的是超然物外的哲理；而我却执着地感到：历史总在向前跃进！

正凝思间，悠然从古城堡外飘来一阵风笛声，嘹亮而又幽雅，因而使这古战场更加宁静了，屏息倾听，那笛声逐渐由近及远，游丝般地在恬静的天空中、田野上飘得很远、很远。

步出古堡是一条雅致的山石土路，路上还略有些败叶，灌木丛泛着芳香，路旁小渠只有一步宽，活络的流水上浮着几朵落花，淙淙地、缓缓地流着。

初冬的暖阳使万物其乐融融。我怀想那首古老的苏格兰哀歌，易其意而和之：

  树儿呵，永远生长，
  鸟儿呵，永远飞翔，
  铃儿呵，摇曳叮当，

鱼儿呵,跳跃徜徉。

荒凉的山谷呵,随着远古逝去了。人类呵!勇敢地奋斗吧,你是有希望的。

原载《散文》1981 年第 9 期

沙特尔访古

不料近数年来，我简直成了病废之人；好些想去的地方都去不了了。所幸脑子是活跃的，也只有脑子的活动是充分自由的。例如，它可以"旅行"，可以回忆我曾去过的、有些意思的地方。

我有个习惯，就是每到一处，必寻些史迹。否则，只剩下了景物风光，再好也是"死物件"，看它几遍都是一样的。

我曾经常想的一个问题，是欧洲的人文主义传统是怎么一回事。有一个时期，"人文"满天飞，有论者云:《易》曰:"观乎人文以化成天下。"于是说我们祖宗早有了"人文主义"。殊不知此"人文"非彼"人文"。我影影绰绰地觉得所谓人文主义似乎与欧洲中世纪的基督教文明有些必然的渊源。于是便找些书来看，得到印证，并因而感到我的感觉是正确的。因此有一次在法国时便要求我的一位法国朋友带我到一个能反映中世纪精神的地方去看看。他说那可多了，到处都有可以上溯到中世纪的景物。我说我指的不是看惯了的罗马大教堂、科伦大教堂、巴黎圣母院、维也纳的斯捷潘大教堂等等，它们都已成了现代都市的"旅游景点"，中古基督教文明的时代反倒隐而不显了。

于是决定去巴黎西南方向一百公里左右的一座很小的

古城——沙特尔（Chartres）。为什么选了这个地方？因为它与"12世纪复兴"有很特殊的联系，因为早期的带有人文主义色彩的基督教神学的"自由派"曾产生在这里——"沙特尔学派"因此而得名。那里的景物自然都泛着古意：哥特式的沙特尔圣母院挺立在中央，鹤立鸡群地俯视整个沙特尔，其他建筑物相形之下显得特别矮小，小巷曲曲，一弯窄窄的溪水穿过小城，水上架着一座几步即可跨过的造型古拙的小石桥……

特别引起我注意的，是圣母院正门左前方的一座极平常的灰黄色房子，墙上挂了一块牌子，上面写着："索斯伯里的约翰（John of Salisbury）曾居于斯、死于斯。"来自坎特伯雷的索斯伯里的约翰曾遍游巴黎、意大利、荷兰等神学院，最后定居沙特尔，成为"沙特尔学派"的主要成员之一。"沙特尔学派"大概有些像一种"自由论坛"，各方的神学家或过往于此，或居住于此，他们就有关神学问题交换意见、交流思想，于是形成了当时的知识分子神学家们聚会的"论坛"。渐渐地，"论坛"讨论的事情多起来了，越出了纯神学的范围，视线伸展到世俗社会。基督教义作为占统治地位的意识形态虽然牢不可破，但在理解上已开始有"唯名""唯实"之分，一些被视为"异教"思想、属于凡人的新知识悄悄地活跃起来。后来人们说"沙特尔学派"聚集的是一些带有早期基督教人文主义色彩的知识分子。

其实，出现在沙特尔的现象只是12世纪西欧的具体而微的一例，几乎西欧、西北欧各地都可散见这类神学家的"圈子"。所谓12世纪"复兴"，复兴了什么呢？大而化之地说，就是从东方（拜占庭）、从希腊人和阿拉伯人那里吸收了原版的希腊哲学、文艺、数学、古代技术、医药、天象学等"新学"。还有，例如民间流传的世俗文化发展起来了，这些流传于民间口耳之间的传说、谣曲等等，多源于基督教之前的古典时期，都带有民间的"异端"的或具有泛神主义的特点，有的反映平常人对幸福的向往和对恶势力的憎恨，有的称颂追求正义和为民除害的英雄。日耳曼人，包括盎格鲁–撒克逊人、其他北欧人，接受了基督教以后，原来的这些异教思想文化仍流传不衰；在拉丁民族中，骑士文学和像《罗兰之歌》那类的史诗的广泛流传，也都反映古典人文主义的影响一直不绝如缕，压而又起。

这是一个很有历史文化意味的现象，说明12世纪有些比前几个世纪相当明显的变化；中世纪的空气是凝固而又沉闷的，但从11世纪后期起，固结的空气似乎有些要流动起来的样子：一方面经院哲学继续作为中世纪的精神，牢守着正统地位；但另一方面，属于"人"的与神本位相对立的文化，特别是哲学在一点一点地从神学中剥离开来。黑格尔说，虽然神学是中世纪的哲学，"但是人们不久就作出这样的区别，即'有许多在哲学里是真的东西，在神学里可能是错误的'，这个看法曾为教会所否认。1270年巴黎大学分为四个学院。这样一来，哲学便和神学分开了，不过都禁止哲学把神学的信条提出来讨论"。1228年格雷戈里九世还坚持神学必须统治大学的所有学院，半个世纪后的1272年，巴黎大学文学院便禁止在院内讨论如"三位一体"一类的神学问题了，这是个很有意义的"突破"。

哲学从神学中剥离出来,在当时当然不足以触动教会的权威,但是变化和影响是重大的。就连集经院哲学之大成的托马斯·阿奎那(1225—1274)在竭力在以理性为基础的真理和以信仰为基础的真理之间找到共鸣的时候,也不免不自觉地把神学中可以通过"最聪明的凡人"的感官感知的部分,"让"给了自然理性和人的认识。这就意味着,人对世界的部分问题的认识不必依靠"全能的上帝"。阿奎那可能是不经心地同"沙特尔学派"之接受世俗理性,走在一个车辙里了。这时离"地理大发现"不过百余年之遥,近代欧洲已在晨光熹微之中,西欧水到渠成地进而向"文艺复兴""宗教革命"招手了。

沙特尔是个小地方,可是却能小中见"大",所谓"大"者,是因为它连着历史,尤其是中世纪的后几百年。若只作个"观光客"去游览沙特尔,则不过一座大教堂罢了。欧洲的人文主义是从"人"学一滴一滴地渗入基督教神学开始而渐有其胚胎的;这样"滴"了几个世纪,越滴越大,终于汇出了一条今天我们称之为"人文主义"的大河。从这个意义上说,沙特尔也许可以算得欧洲人文主义的一个泉眼。

离开沙特尔折返巴黎时,竟已近黄昏时候了;在途中,在一片暮色中,远远望见一座"炮楼"似的家伙高高耸立着。我们走近去看,爬上一个小山头,那看来确实是一个古老的砖石结构的"炮楼",岁月剥蚀,历经沧桑,如今只剩下大半个外壳,悲凉地俯视着无垠的平原。这肯定是中世纪的遗物,眼前可能是一片昔日的战场。是同东方的撒拉秦人、阿拉伯人、匈奴人厮杀的地方么?是否"十字军东征"

时先在沙特尔誓师，然后经过此地？或是各路封建诸侯累年相互拼杀之地？也许是英法百年大战中反复争夺的一个要塞？下得山来，夜幕降临，驱车约半小时进入巴黎市区，骤然又见灯红酒绿、车水马龙，"中世纪"从眼前消失得一干二净。不过我脑子里还留着"古战场"的影子，并想起了一句话："欧洲是在战争的铁砧上敲打出来的。"但忘记了是谁说的。

1999 年 10 月

巴黎的苏热巷

法国，是我到过次数最多的欧洲国家；巴黎，自然是我到过次数最多的欧洲城市。我在1992年末，病情转重，时正在巴黎，因此从此告别域外旅行的地方也是巴黎。

巴黎有许多通衢大道、名胜古迹；然而最使我不能忘怀的不是这些，而是位于拉丁区的一条略微有点弯曲的小巷子，叫"苏热巷"（Rue Suger）。那巷子很窄，只能容一辆小轿车穿过，要是冤家路窄偏巧对面迎来一辆车，那就需要"磨合"一阵子，精心找出一个角度才好"擦肩而过"。这条巷子很短，我估计最多不过相当于公交车半站路那么长。临街的房子都是两三层的小楼，外表是普普通通的灰白色，疏疏落落地镶嵌着古朴典雅、花样别致的铁窗花。整个小巷非常清洁安静。从圣-米歇尔广场踏进"苏热巷"，便一下子把一切扰攘喧嚣全部挡到九霄云外了。

我对这小巷之产生感情，还因为我好多次住在位于小巷中段的"苏热之家"。"苏热之家"是法国"人文科学之家"为招待各方学者特设的一座"招待所"。这里跟小巷子一样宁静可爱。三面三层小楼和门厅围成一个几乎是正方形的"天井"，中间摆着几张藤椅，一个玻璃茶几，上面放着几种当天的报纸。"天井"的墙上贴着一张很大的表格，上面列出当时住在这里的学者的姓名、国别、他们的专业、房间号码和电话号码，等等，以备学者们相互拜会，以文会友。住房很宽敞，"会客"十分自在便当，如同家居一般。房间里的设备一应俱全，包括一个小厨房，可以自己烧饭、泡茶、煮咖啡……每个房间还配备一台电脑，可惜我不善此道，女儿教我也没有学会，权当打字机用了。整个"苏热之家"设一个办公室，只有一个秘书办公；一个"门房"，也是只有一个人既管"保安"，又负责传达和收发信件。此外，两三个服务人员，洒扫庭除、房间卫生全包下来。在这里住比住"三星"级以上的豪华旅馆要自由得多。

"苏热"是何许人？据说，他是 12 世纪的法王路易六世和七世的辅弼重臣。路易七世亲率十字军东征期间，苏热受命任王国的摄政，他的功劳是震慑住了存心与王权分庭抗礼的贵族，从而巩固了王权，并且促进了市镇的诞生。至于苏热的官邸是否曾设在这条巷子里，那些告诉我这段历史的法国朋友却说不准，所以不过是谈古道今的谈资而已。

从"苏热巷"到法国"人文科学之家"，如果步行需要走相当一段路；走过一段圣-日耳曼大街，再转两个弯才到了"人文科学之家"所在的一条林荫道——拉斯巴尔大街。这里有不少我相熟的朋友，如今大半已经退休了。例如当年的"人文科学之家"主任摩里斯·海勒，现在该是八九十岁了，退休后蛰居洛桑。这个老人性格古怪而又幽默，对"下属"严格得不可理喻；人们戏称他为"暴君"，其实他为人善良如同赤子。凡与他有过接触的人都很喜欢这个倔老头，包括那些经常受他"训斥"的秘书。他这个人述而不作，但视文化、文化传播、文化交流如生命。在他看来，没有文化，也就没有了世界。所以他的"下属"们赞他是"人文科学之家"的灵魂。我去那里，他必定约一些人文学者跟我见见面，有的是史学家，有的是社会学家，有的是哲学家……他从没有约请过研究国际问题的人，因为那不属于他关心的"文化"。有一回他约了四五个未曾见过的老文化人，海勒照例一一给我介绍，轮到介绍查理斯·莫扎雷的时候，戏谑地说："啊，你也来了；对不起，我以为你已经去见上帝了呢！你既然还在人世，就该把你的最后那本杰作送给陈教授一本呵。"莫扎雷在法国称得上是一个兼好东西文化的老学人，是"人文科学之家"的创始人之一。第二天，莫扎雷便把《近代科学的神圣源起》送到了"苏热之家"。通过海勒，我结识了不少文化界的人，除了法国人外，也有在巴黎的其他国家的文人。

从苏热巷的一端出来就到了圣-米歇尔大街，掉进了书的海洋，由于邻近有"先贤祠"——索尔邦巴黎大学，访书的人便都要到这里来。这条街上，大大小小的书店一家邻着一家。我到巴黎来，逛书店自是免不了的。所以到这些书店不知多少次了，每家书店是什么样子，哪类书摆在什么地方，离开巴黎已经十年了，闭着眼睛还能记得清清楚楚。大的书店如吉贝尔，四层楼摆得满满当当；小的书店如在"先贤祠"那条街的拐角处的"哲学书店"。那店小虽小，但古今哲学著作应有尽有。有一段时间，我需要一本17世纪末法国哲学家马勒伯朗士的《一个基督教哲学家和一个中国哲学家关于神的存在和性质的对话》，我料想，马勒伯朗士不是一般人很熟知的古人，书更冷僻，可能不易找到。然而出乎我意料，居然在那家书店买到了，而且是最近重印的。这件小事使我产生了两点印象：第一，在巴黎的书店里，大凡有收藏和研究价值的古典比较齐备；第二，出版社肯出资定期重印那些经典的然而"经济效益"并不见佳的书。我想，这是图书业比较成熟的一种表现。

拉丁区有许多参差错落的"小胡同"，里面"埋"着不少很小的书店，大多只卖旧书。有一次走进一家几乎是"危房"小店，里面的书架子歪歪斜斜，书横七竖八地塞在这些书架上，堆得高而且"险"，一不留神就会碰掉下来几本。掉下来也无妨，就听任它们随意躺在地板上，把本来很狭窄的空间变得更狭窄了。这类小书店通常只有一个"售货员"坐在门口，买了书就在门口付钱。我很喜欢这种书店，觉得别有味道。

从苏热巷去找散步的地方是很便当的。顺着圣-米歇尔一边逛书店一边漫步，可以通向卢森堡公园。不然向相反的方向走就是塞纳河；沿着河，跨过一座桥便是卢浮宫。我想说的，是从卢浮宫一直通向协和广场的那条"步行路"。那条路闹中取静，两侧扶疏梧桐，因去市区有一段距离，故不闻车马之喧嚣，颇宜漫步。脑子里有了些什么想法正在琢磨，在这条路上既可漫步，又可漫想，真是最怡然不过了。走到尽头便是开阔而热闹的协和广场了。此刻正在活动着的思绪也许会被打断片刻；如果向右转去，是笔直地通向凯旋门的香榭丽舍大道。那里是巴黎的"首善之区"。不过绝不是宜于"漫步漫想"的地方。于是即循原路缓步折回，回到我的"苏热之家"。

原载《文汇报》2002 年 7 月 4 日

* 下辑 * 病隙杂记

病亦有乐

绪源、周毅：

寄上一篇游戏文字，请酌。我们仍如往年，将于10月底赴沪，躲开北京冬季供暖之前的寒冷；且可看看沪上诸君。

陈乐民
2007年10月

病亦有乐。前者，虽然体渐衰，气时喘，胸渐闷，吾亦不改其乐。后来，突被送"急救"，立即装上心脏起搏器，又在背上狠割一个口子，做了"引流"，把胸中积液一股脑儿引出。体乃衰而不喘，通体轻松。因此，自信尚有维持之道，离"弥留"之称尚遥远得很也。

然则，所乐者何？

可读不讨厌和看得懂之书文，慢性病宜看书。可听古典CD。最使人心潮涌动者为贝多芬，当与较舒缓的巴赫、莫扎特轮流听。有时候换上余叔岩的"十八张半"："提龙笔，写牒文，大唐国号"，那是唐太宗为唐僧西游饯行唱的大段"慢三眼"，悠悠然韵味清醇……边写东西边听，有点儿声音可以助兴。我的生命一半交给医院了，另一半主要还是读点什么和写点什么。朋友好心劝我别写了，休息休息吧。我想怎样"休息"呢？愣在那儿么？所以还是行有余力则以学文。最近"盘点"文稿，发现大部分文字就都是这样弄出来的。

天朗气清、惠风和畅之时，可与老伴儿散步（在"walking distance"之内），左顾右盼。小外孙女丫丫如不在身边，便看别人家的小孩儿嬉笑追逐。

可与老伴儿或朋友聊有兴趣的"天"，山南海北、上下左右，大至国运民瘼，小至身边琐事。唯我常因重听"打岔"，或根本没听清。

午后红茶不可废，佐以柠檬一小片、蛋糕一小块。英国人所谓"afternoon tea"，和老伴儿一起享用，"交流意见"。如有朋友适来，则共享之。

好美食。不好美食者必然没有情趣和幽默感。虽然胃越来越小，却容易满足口腹之欲。每有"饭局"（不是大吃大喝，而是朋友"雅集"），只要身体顶得住，辄欣然前往。某次，假座翠明庄，席散时，沈公（昌文）叫："下次去'小南国'！"我说："去上海？"他说："最近北京也开了一家。"沈公美食资讯中又添了新条目。

犹记十多年前，我病确诊，医云无可"逆转"。李慎之先生不懂是何怪疾（尿毒症也），只问："你的病是如某某的类型而将猝死，还是如某某的慢性病？"他说的两个人都是大名人。我答曰：当系后者。他说："明白了。"相与大笑。当时他说这些话时，声音如常地洪亮，不料几年后竟先我成了另个世界的人。噫唏！

上个世纪还有两三个月就要到头时，一天，董乐山跟我说："咱俩当'跨世纪人才'，大概不成问题。"我然之。过些时候，他竟去了，没有当成"跨世纪人才"。他被"抢救"时，我正在医院做"血液透析"，闻讯后要去看他一眼。忙着照应的小钟急忙阻拦："行了，您就别去添乱啦。"我想：也是，医护一定忙得团团转，生死有命，非人力所能逆转。罢了呵，罢了！长叹一声：永别了。第二天去董家看望披了黑纱的依旧笑容可掬的遗照。

今年7月，是吾二老"金婚"纪念日。遂携女儿和女儿的女儿前往香山，虽不能健步，但可漫步。何以选去香山？盖五十年前，即度"蜜月"（只三天"婚假"）于香山。彼时也，只远山近树，旧平房三间而已，游人亦少。这次去，则贝聿铭设计的香山饭店内外，熙攘人群，前呼后叫，络绎不绝……旧平房早已了无痕迹可寻矣。

我固云：病亦有乐，病亦需乐。说不定哪一刻，"病"与"乐"将一起烟消云散了。故享受生活，是所至要。

2007年10月

一九九八年病榻随记

一

终于还是住进了医院。第一个礼拜，有理无情地先在左右肩、左右腕和右大腿上挨了五刀，以致动弹不得。尤其是左腕上那一刀，小小一个手术却给弄得"大出血"，那位医生一开始就毛手毛脚的，我一直有点"心理障碍"，结果真的给弄成了"半残"！夜里痛得睡不着，胡思乱想，叫作"意识流"。竟由那个毛手毛脚的医生想到了"理想国"，因为"理想国"里的医生肯定不该是这样的。

"理想国"离不开柏拉图。按柏拉图的意见，让哲学家来当国王，那国王就"理想"了。其实那真是匪夷所思。首先哲学家在人群中微乎其微，其次哲学家是各种各样的。假如让反理性主义的新潮派去当国王，那还不乱了套！咱们的古训："大道之行也，天下为公……"也是"理想国"，人人都是圣贤。那不仅不可及，甚至也不可望。

这些都叫作"乌托邦"。一个人要是没有一点儿"乌托邦"，大概就心为死灰，没有什么生气了。不过，我的"理想国"没那么多高深的哲理。我想我的"理想国"是低标准的：人人应该是干什么像什么，不拆烂污。譬如说，干医生的，就要像个医生，医术医德都离不开个"医"字。譬如做学问，那就好好做学问。"理想国"里的学者跟"明星"是两回事（此处对"明星"绝无贬义，特此声明）。简单地说起来，叫作各司其事、各尽其责。

各司其事，没么便当。就拿我家门前那片草地来说吧。几年前刚搬到这里时，那是绿茵茵的一大片，像一方大地毯，据说是上好的细草种。不料想有两年园林工人没有来修剪浇灌，一时间野草疯长，行人更不加爱惜，有的随意践踏，有的特意上草坪里练气功、"接地气"。好端端的草坪成了癞痢头。我们到处打电话、写信呼吁；半年之后居然感动了某区的园林局，后来一个处长和一名干部专程到我家"征求意见"。我受宠若惊地说了半天，他们也耐心谦虚地解释了半天，说来说去我只听懂了一个意思："资金没到位"，所以工人不干了。又是一年过去了，虽然有园林工人偶来光顾，但那草坪再也不像当初那样绿茸茸的了。

于是，在我的"理想国"里，我家门前的那片草地突然复原了。我仿佛一下子飞到了剑桥大学一进门的那块没有一丝儿杂色的大草坪旁。十多年前，我陪楚图老到剑桥，李约瑟陪着我们，校长特意邀请我们穿过草坪，说没有人去踏上这草坪，只有贵宾例外。果然，我发现没有一个人抄近道去干扰那绿色的宁静。

二

第二次世界大战

十月革命——无产阶级政权的实验——解体

社会民主党入阁

希特勒的国家社会主义

冷战格局及其瓦解

欧洲一体化进程

斯大林逝世后有一段没有斯大林的"斯大林时期"——马林科夫时期

"非斯大林化"的剧烈而广泛的影响

苏联"中心"的动摇,靠"个人崇拜"维系的"共产主义运动"产生了普遍的信仰危机。在东欧社会主义国家中,苏联依靠大国沙文主义的威慑力和经济上的"国际分工"——"华沙条约"和"经互会"(政治军事和经济)竭力维持它的"领导"地位,但事实上已越来越勉强。除在斯大林时期,铁托的南斯拉夫即已拒绝接受苏联的"领导"而被清除出"社会主义阵营"之外,在80年代末苏东彻底解体以前的四十年中,匈牙利、波兰、阿尔巴尼亚、捷克、罗马尼亚等国都曾发生强烈的"政治地震"——"社会主义阵营"的"钢铁般的团结一致",从此便只是神话。

列宁的《国家与革命》把集权主义推向了极致,斯大林则像拿破仑那样,以无产阶级最高利益的名义实行个人独裁,镇压一切异己的力量,其极致便是"两把刀子"的理论。

以无产阶级的暴力革命打碎旧的国家机器、建立自己的政权，只有俄国十月革命的一例。其他东欧国家的政权都是在反法西斯战争中经红军所到之处随之建立起来的——斯大林也不讳言。他这样说，红军打到哪里，就把无产阶级的政权建在哪里。丘吉尔也确信这一点，并根据战场决定政权的既成事实加以确认。所以冷战期间欧洲在意识形态和政治经济体制上的"一分为二"，乃是东西方的"共识"，是相互间对事实的认可。

三

艺术的欧洲，高雅的、富于遐想的欧洲，贝多芬叫人如醉如痴和精神激昂，莫扎特使人觉得舒缓而又酣畅，肖邦悠扬而又深沉，巴赫使人在极度宁静中渐入梦乡……那天，听肖斯塔科夫斯基的第六交响曲的磁带，一个熟悉的旋律使我的心骤然激荡不能自已，悠悠然忘掉了一切。

只要看一眼希腊、罗马的雕塑，哪怕只是从照片上看到，也不能不惊叹古代欧洲美术的震慑力。《拉奥孔》是美和力的结合，使观者心率加快。古代的雕刻传到近世的罗丹，经过了几个世纪的人文陶冶，每座作品都是人性的最集中的结晶。《思想者》深沉地感染着每一个驻足的人，使人产生思想的冲动：我也要认认真真地去思想。很可能，笛卡尔在"沉思"时就是这样的：上帝呵！我确信你的存在和万能，可是，这怎能在几何学里得到证明呢？

文艺复兴时期的几幅最著名的杰作的永恒价值，在于它们昭示欧洲正在心情激越地向死气沉沉的中古告别。达·芬奇的《蒙娜丽莎》诚是旷世奇珍,而拉斐尔笔下的圣母和耶稣,尤其是世间最理想、最令人向往的母性和人性的回归——如果人世间充满了如此完美的和谐和纯洁,那该多好呵!文艺复兴使人的理想跃动起来,它预告了新世纪的启动。

中国的艺术品最缺少的,恰恰是这种体现时代变革的内在精神和形象表征。从中国的美术史里,风格、神韵的分殊差别固然可以表现出时代的不同特色,唐宋元明清,风格各异,但都没有向昨天告别、向新世纪招手的迹象。

四

第一次世界大战——更确切些说是一次欧洲战争,给19世纪的政治作了一次总结。欧洲有了一个"新起点"。

马克思主义自诞生之日起,就在挖新建立起来的资本主义制度的根茎,俄国的"十月革命"是20世纪初期最重大的事件——英美法近代民主体制的另一条道路的实验。由此,欧洲出现了两条道路的选择。

社会民主党进入了近代民主体制,把伯恩斯坦的理论、饶勒斯的理论带进体制内,带进与传统的立宪共和、民主共处和竞争的体制当中(在纲领上有英国型的、法国型的、北欧型的、德国型的)。

社会民主主义——无论它在英国、法国或德国等表现何等不同——从理论核心到信奉纯种主义的人的"心性"(mentality),有两组观念,是社会民主主义的"血脉":

一是从近代培根起的自由主义到1848年革命所总结的"自由、平等、博爱";再一个是从早期社会主义者欧文、傅立叶、圣西门以降的"争平等、均贫富"和"重建社会"的conception[①]（其中有马克思影响）。

社会党（或社会民主党）的入阁，使20世纪的欧洲多数国家（即先进的工业化国家）的政党政治出现了不同于19世纪的局面。19世纪，共产党、社会党都没有进入政府，立足点都是要改变现行制度，不论是直接用革命的手段，抑或用改良的手段，总之是要改变那个现行政权，而代之以劳动者的政权。也就是说是站在政府的对立面的。

在世纪之交，社会党与共产党正式分道扬镳。在社会党内部有人提出了要不要入阁的问题。是在体制内"改造"体制？还是在体制外"推翻"体制？这在当时还是个重大的原则问题，所以法国的米勒朗主张入阁还曾引起很大的争论。社会党入阁，通过议会选举，这是20世纪的事。现在所说的"多党制"其实是"两党制"，在欧洲简单说来就是社会党为一方，另一方是资产阶级的政党。这种政党制度最重要的一个效应就是相互制衡和监督。当然在19世纪的英国的保守党和辉格党轮流执政的制度，也有这种相互制衡的作用，但是社会党是打着代表劳动者利益和小资利益的旗号进入议会和执政党角逐的，这就与传统的资产阶级的政党有所区别。这就是说，在第一组conception上，都是沿着培根、洛克、孟德斯鸠、卢梭等一路下来的传统，或损或益都离不

---

① conception，概念、观念。——编者注

开这条线。不同的是第二组的conception，即"争平等、均贫富"这一条。这里也有两点欧洲的特点：一是社会党的传统，尽管早已不再提阶级斗争了，德国社会民主党的歌德斯堡纲领也正式不再提马克思了，但是它不能放弃它自诩为广大劳动者权益代言人的资格。二是欧洲有工人运动的悠久历史，自从有了产业工人，便有了产业工人的组织。而这些工人组织必定与共产党或社会党相联系。这种状况在法国是最典型的。所以，只要存在着"劳""资"的区别和对立，"社会主义"的Raison d'être[①]就不可能销声匿迹。

20世纪下半叶，工业化国家的社会结构发生了一些明显的变化，其中最重要的变化就是由于科技的进步、产业结构的变化，传统意义的产业工人大为减少，工人阶级的状况早已不是恩格斯写工人阶级状况时的情况。直接操纵机器、电脑、精密仪器的工人都成了有科学技术文化的"技术工人"，工人的"集团化""组织化"现象越来越鲜见。因此，科技越是发展，劳动的相互配合和联系越是依靠每个劳动者的"显性"和"隐形"的知识水平——生产的社会化与劳动的个体化，必然地成为高科技时代的特点。

这种情况的变化，必然地为社会民主主义提出了新课题。社会党将成为"没有工作对象"的政党！（对这些国家的共产党，尤其是从未见过的新课题！在这种情况下，对马克思主义对资本主义的若干论点以及在先进的资本主义国家实行无产阶级革命的理论，必须根据新的形势进行重新研

---

① Raison d'être：存在的理由。——编者注

究,这是必然的。)

但是,欧洲比起美国来,毕竟是"旧大陆",它身上的"历史包袱"并不轻松。例如,"福利国家"曾是社会党赖以自豪的业绩,今天则变成轻装前进的包袱。曾是"福利国家"样板的瑞典早已感到苦不堪言;撒切尔夫人在位十年,用了很大的力气、以很大的决心要把"社会主义"推回去(roll back),希冀把工党在战后初期制定的多项政策改掉,她的"私有化"运动做出了可观的成绩,但在住房、医疗、教育等方面则是步履维艰。在法国,缩短工时问题曾引起了社会性的群情鼎沸,"少干活、多赚钱"向来是工人的最朴素的要求,但这样的要求却不能不与发展相抵触。

现在改革这种"从摇篮到坟墓"的"福利国家"制度已是欧洲的普遍问题。这里既有如何改的众多的实际问题,更有观念上的深层问题。事实上,不论是哪个政党执政,都不能回避,而社会党囿于其民主主义的信条,尤其处于两难的处境。然而亦正是这种两难处境,使社会党得以有生存和发展的可能。

五

现在叫作"高科技时代",或者叫"信息网络时代"。在我看来叫"高科技时代"更恰当,它包括"信息网络"。之所以叫"高科技时代",是因为人(不管是作为生物的人,还是作为社会的人)的生活的方方面面都离不开科技的管制和影响。

从报纸上看到了日本学者中山秀太郎的一句话："所谓技术，从其出现的那一天起，就是反自然的。技术……只要使自然界发生某种变化，就要引起自然破坏。因此不会有什么绝对安全的技术或者无公害的技术。"

真不愧是通人之语，一切在科技问题上做"反面文章"的"后学"理论，都无非是叠床架屋的多余的话。

这是我最近不得不接受每周三次"血液透析"治疗得出的亲身体会。血透器是"反自然"的，让我的本来自然生长的肾功能不再起自然的作用，它把我残存的那点肾功能给"破坏"了，从此我将不得不依赖它来延续生命。至此，中山秀太郎那句话说得再确切不过了。

然而，有一点又同样是确定的。即：自然界又是需要用科技——人为的工具——来加以"破坏"（即改变）的。如果瓦特没有发明蒸汽机，人类社会将会是什么样子？然而，蒸汽机的普遍应用带来的动力革命却确确实实地污染了曼彻斯特清新的空气，并且造成了工业化下的英国工人阶级依附于机器的状况——恩格斯笔下的工人阶级的状况无疑是新技术造成的。科技改变了自然界，连带着也改变了人的生活。自然界本来是有缺欠的；只不过科技把自然界从一种缺欠中"拯救"出来，同时又为它造成新的缺欠，"后学"者谴责了后者，却往往忽视了前者。而在今天的中国，还远不到使劲谴责后者的时候。

人们在谈论科技和人文的矛盾。是的，如果只是把科技作为一种无使用目的的器用技术，它有时可能是非理性的、非道德的，它甚至会给人类带来灾难。人们最常用的例子便是战争。作为物性的科技与人性，如此这般地被对立起来。这里最简明的一个界限，就是科技理性与科技使用的区别。这用不着太高深的道理即可了然。

照我看，科技与人文并不是井水不犯河水的事。它们的汇合处需要理性。而且科技之为用，是为了改造自然界，也终究是为了人。倘用之不当，或者滥用，或者纵使使用得当又没有滥用，也还会产生副作用的，那就需要新的创造发明去设法补救，而科技本身不仅绝无罪过，而且是再"后现代"也不可须臾离也。

我得了不算轻的肾衰竭，现在是用"血透"的技术来代替我的肾功能。一天忽发奇想，如果能"克隆"出一个健康完好的克隆肾，也许可以使我少受好多罪。所以我认为，科技还是很"人文"的。

给复三兄的信

复三兄如晤：

你上一次谈到为什么要研究西方文化，这引我想起一段二十多年前的往事。在"文革"落幕以后，大家的心情好像都松了一口气。也正是这个时候，我到了社会科学院的西欧研究所，你那时好像还在世界宗教研究所。再后来，你做了副院长。我在西欧研究所，开始的时候觉得很好，后来渐渐地不太满意了。因为当时限定国际片的研究所只研究二战以后的政治经济，而我对于纯粹的政治经济都没有太大的兴趣。我从青年以来就对文化方面比较有兴趣，不论中国的还是外国的。不知道为什么，我觉得你也是对这方面有兴趣的人。那个时候，80年代初期，在社科院，气氛还是比较轻松的，尽管有过清理"精神污染"、反对资产阶级自由化等等不叫"运动"的运动。当时我一方面做着所长的工作，必须按照"规定"安排所里的工作，另一方面，我更是在做着"规定"以外的研究。我先是写了一篇《欧洲观念的历史哲学论纲》，从古希腊文明讲起，发表在《中国社会科学杂志》上。当时人民出版社的一位老编辑，你可能也认识，邓蜀生，看到了这篇文章，希望我写成一本书。我写了，同时也交给了邓。在这期间,我把稿子的复印件,主要是欧洲文明起源的那一段送给了你,请你提意见。你很认真,在我的稿子上,写了相当多的"批注",很具体,对我这本书稿做进一步的修改很有帮助。但是,书稿很快印出来了,没有机会把你提的意见加进去。我很珍视你的这些珍贵的意见,把它们都剪了下来,贴在了我这本书第一版相关的地方。这本书,连带着贴上去的你写的"批注",我还一直留着。这本书现在已经绝版了。后来我写《欧洲文明的进程》等书,就吸纳了你提出的意见。

后来,在80年代中期,大约是八七年,我突发奇想,想邀集一些有兴趣的人,撰写一套从古到今的中西文化交流史。当时我确实很天真,除西欧研究所之外,还约请了其他研究所、北京大学中我认为可能会对这个问题感兴趣的人在我家里开碰头会。一时间,大家非常热情,觉得是个好主意。我当时设想,通过这种研究,最终还是为了更深入地认识自己。在这一点上,大家并不完全同意我的想法。我当时设想,在中西文化交流史的总体规划下,也要写出中英、中法、中美、中德等等分卷,这完全是一个庞大的乌托邦计划。我写出了一个大纲,送给你看。不久你回信给予鼓励。这封信在不久前整理旧物的时候还在我的文件夹里。这件事情当然没有做成,有两个原因。第一个原因,八八年以后的情况大家都知道。第二个原因,这确实是我的一个空想,无论从能力上、水平上都不可能做到。以上这些都是由于你提到为什么要研究西方文化以及我想到的旧事所联想到的。

现在我们都老了,确乎可以做点自己愿意做的事了。这无论如何是我们晚年的一种幸福。你远隔万里，能够接触到许多在国内难以接触到的书籍，很羡慕你。我现在做不了太多的事情，只想把我脑子里边还没有跑掉的东西写出一点来。总的题目就叫《启蒙札记》，两千字一篇，每一篇放在《万象》上发表。写到现在，已经二十几篇了。后现代的人，还有些极左派，他们讨厌"启蒙"。我偏要说，"启蒙"是个宝贝。一个民族如果不启蒙，上上下下一盆糨糊，就是一个混日子的民族。我想，我这些东西总会有人看到吧，哪怕只有一个人看到，甚至没有人看到，写了，放在那里了，对余年也是一种充实。你给我寄来的一篇一篇的感想式的文章，我想也将有一天会起到播种、萌芽以至结果的作用。你在信里边提到的许多书，有的我看过，有的没有，总之开卷有益。因为要写《启蒙札记》，我手头上经常放一些有关的书。最近有一本书，也许你知道，*Enlightening–Britain and the Creation of Modern World*，作者是 Roy Porter。此公是一个医学教授，却写了一本这样的书。把"苏格兰启蒙"写得非常生动，让我想到启蒙、启蒙文化、启蒙思想在西方是自然发展过来的。中国直到严复，没有这种东西。所以启蒙在中国本来就是舶来品。现在中国人对启蒙的乱七八糟的理解都是因为中华帝国的历史是封闭的历史。不经过同西方文化的接触，就永远是一瓶没有打开的罐头。

你信中提到，你和高望之等计划把冯友兰的《中国哲学史新编》译成英文，这个大工程怎么样了？冯先生的这部七卷本的《新编》，前面的还是唯心唯物在打架的路子，从第六册以后，也就是第六、第七册，冯先生终于摆脱了四九年以后强加给他的历史观，回到了自己原来的观点。这就是他的女婿蔡仲德说的，"回归自我了"。特别是写作第七册时，老先生完全自由飞翔起来，他那篇《结论》虽然很短，但是使人感觉到老先生的心情完全解放了。所以，也解脱了。可惜的是，这第七册在内地不能出版，也没有给出不出版的原因。老先生写完第七册，九十五岁了，不久撒手人间。我想，《新编》之所以新，恰恰就新在这第七册上。

啰里啰唆写了这么一些。宗璞八十大寿，邀我们雅集。一代人接着一代人，代代不同，在我们年轻的时候，何曾想到今天？让我们都尽情地享受生活吧！你还在忙着写东西，所谓"老骥伏枥，志在千里"，希望能把它们出一个册子。

祝你愉快、健康。并问候嫂夫人。

乐民

我最近断断续续在写些片断的回忆。想到一些与你有关的点滴。一是住在天津昭明里之时，我们是邻居。有时从窗户望出去，见到令堂大人挎着篮子出去买菜。我母亲常感慨说，这样出身大家的小姐，竟能如此勤俭持家，真不简单。后来你在上海上大学，有一次回天津，忽然要找我们家保姆的女儿谈谈，当时她经我父亲介绍在东亚制药厂当工人，弄得她很紧张，后来说是了解她们工厂的工人情况，作为一种社会调查。我母亲即敏感地说，大约赵家三少爷属于思想前进的（即左倾之意）。后来，50年代初期，我和宗璞都分到宗教事务处工作，有一次奉命外调，到基督教三自革新运动委员会来，忽然发现出来接谈的是你。那次好像是谈"小群会""属灵派"的情况。再后来，就到社科院了。

在回忆往事中无端想起这些，可能你已经没有印象。去年十月耀华大举庆祝八十周年大庆，我与在京同班校友一起回了一趟母校。我只与同班级的在一起活动，没有参加大礼堂的盛典。现在耀华校舍依旧，至今还颇有风度，而且建筑质量最结实可靠。总算给赵君达校长树了一个半身铜像。在另外一个地方有一尊钱伟长的像，我才知道他也是耀华校友。可惜原来赵校长创下的教育理念早已变质。不但小学部没有了，初中也分开了，只以高中为重点，全部着眼于"升学率"，不过在天津排在第二，第一让给南开中学了。那是最后一次返校，以后也不会去了。

拉拉杂杂，供你一笑。保重！

中筠

给朱尚同的信

尚同兄大鉴：

8月5日大函及余孚长文并收到。余孚的文章，只一目十行地看过；它涉及欧洲文明史诸多问题，容当仔细阅读；尊函读了两遍，很佩服您如此执着地探讨问题的精神。有些想法写出请您指正，不是对余文的反应。

我对马克思和"马克思主义"实在没有认真研究过。吴江著文《重读马克思》，我是没有"重读"的资格的。由此我想把我的一些"老底"揭给您看看，权作"闲谈"，从中您可能了解到我对马克思的了解实是"半瓶子醋"也。

在二十岁以前，我连马克思这个名字都不大知道；偶然听说，只晓得他是德国人，是"共产党"的"祖师爷"。1949年后在大学有"政治课"，是上"大课"，讲的道理，左耳进，右耳出；马克思的书则根本没念过。

1953年参加工作后有所谓"政治学习"，规定每天晨读一小时，有人"辅导"，念的是斯大林的《联共（布）党史简明教程》和列昂节夫的《政治经济学》，根本学不进去。再往后到了国外，读了《共产党宣言》，也是糊里糊涂。还读了一本列宁的《国家与革命》。60年代，由于工作需要，非常认真地、几乎逐字逐句地读"国际共运大辩论"时期的"九评",有些话都能背得出。马克思、恩格斯等却没有在阅读之列。所谓"马克思主义"云云,在当时的我不过无异于高在云端里的"神圣符号"而已。

读了不少的马列竟是在"文革"后期当了半个"逍遥派"的时期。按照那时的"号召"学马列,似懂非懂地读了一些。如《法兰西内战》《法兰西阶级斗争》,还有列宁、斯大林、毛泽东的东西等等。马克思的代表作《资本论》《剩余价值论》之类,到今天也没有读过。

算是比较郑重其事地念了几本,已是80年代后半以及90年代了。这段时间,我从"国际问题"转向文明史,主要是思想史;那是我从宋明理学转弯抹角通向莱布尼茨、康德哲学的时期(受了王国维和冯友兰的启迪)。发现西方文明史(或说文化史、思想史)是一扇大窗户,推开来望去竟是一片绚丽夺目、色彩斑斓的风景。我在其中感到陶醉、不能自拔。使我首次有这种感觉的,是我在图书馆里找到的厚厚的两大本上、下卷英文的《西方文化遗产》(*Western Cultural Heritage*),里面摘录了柏拉图、亚里士多德、新旧约、圣·奥古斯丁、西塞罗、阿奎那、培根、霍布斯、洛克、卢梭、伏尔泰、孟德斯鸠、亚当·斯密、康德、黑格尔等等,以及圣西门、欧文、马克思、蒲鲁东,直至尼采等等的文字。我狼吞虎咽地(当时的心情几乎是如饥似渴)读了这两大厚本。这番"粗读"为我勾画出一个西方文化史的大致轮廓。

在通读了这些之后,又重点选读了其中的若干。例如

13世纪神学家阿奎那的《神学大全》。为什么选读阿奎那呢？这有个插曲，还在60年代，一次参加周总理接见外宾，他突然对在座的中国人说：应该好好研究研究阿奎那。为什么？他没有说。估计在座的没有人注意到这句话。但我却记住了这话。出于好奇，找来读时已是80年代末了。读后没发现什么特别的，只发现阿奎那说人的认识有三个层次：①一般的、普通的、世俗的认识，用不着去问上帝；②再深一些就要求教"天使"；③最深一层的认识，就非靠上帝不可了。这等于把人的认识的一大部分从"神"那里剥离出来了。这不是阿奎那的"革命意义"么？阿奎那与但丁属于同一时期，"人"已经开始与"神"分离了。周总理让大家读阿奎那是不是这个意思，我不知道。但这对我很重要，我由此沿下来通向了康德以及马克思的"人是目的，而不是手段"，我后来弄懂了对"人"的认识，是西方思想史的一条不可须臾离也的认识路线。由此我自觉大开眼界，此已是90年代，岁月蹉跎，朝闻道，夕死可矣。

在读这些东西的过程中，马克思帮了我的大忙。有两次关注马克思提一下。一次是90年代初提出"全球化"，发现过去读《共产党宣言》都白读了。到这时我脑子里才有了"世界历史"的观念。从此我一读再读三种外国书，第一是康德，第二是黑格尔，第三是洛克、休谟。我发现马克思既"化解"了前人，又把一切都"政治化"了，也可以说"实用化"了。他的思想亮光不幸被埋没在里面了，以致多种颜色混杂一处，只露出了斗争哲学和"无产阶级专政"。我很为马克思可惜，他的过人才华被自己扭曲了。

道奇先生是老革命家,他审视和研究马克思是从一个政治家的眼光看的。我是"书生",角度不同,我倾向于把马克思看作西方思想史中的一员。马克思是"一家",而不是"唯一"。我在最近一篇评介陈衡哲的《西洋史》的文章中借陈衡哲之口提到这个看法。

再一次引起我对马克思产生兴趣的,是关于"人道主义"和"异化"的讨论。这个讨论一露头便被压下去了,周扬好不容易开了点儿窍,遭到迎头一棒,很快病至不起,以致见了上帝。这场讨论如果允许继续下去,就必定要提出"人权"问题和"社会主义"的异化问题。这还了得!我则借此读了些有关的马著,主要是《神圣家族》、《政治经济学手稿》和《德意志意识形态》的相关部分。

啰里啰唆写了上面这些,抱歉有扰清听。我曾想用"马克思学说"代替"马克思主义"。因为"主义"往往是"排他"的、一元的、"非此即彼"的、"意识形态化"的。"学说"则具有广大的包容性,是"多元"的,是允许不同意见的。但是,这个意见不能写出来;写出来要挨骂。不过我想,我今后写文章尽可能少用或不用"马克思主义"。

许多问题,我一直想不清楚。但我觉得把马克思排在"西方文化遗产"的名单里,大致没有错。这与您说的"旁岔",可能不完全吻合。

余孚的长文我看后如有想法,再向您请教。这封信只当作"闲聊天"。

贵体渐入佳境，甚可欣慰。您高龄，尚企珍摄。谨此顺致

暑安

乐民谨上
2008年8月16日

给没有收信人的信

××：

常说"述而不作"，我是"述多于作"。近几年，耳聋日剧，与人交流困难多多，"述"也难了，但是思想却还活跃，于是"想"（或曰"思"）多于"述"了。思想如同散云，风一吹就散去了。如果打算留住这些散云，就只有把它们"书"下来。这就是"给没有收信人的信"的由来。为了自娱，决定这些"信"都用"繁体字"写。

×××
2008 年 8 月 14 日
下午三时半，外面正下雨

××：

人老了，有时难免想到"死"；兴致来了，便立即觉得肯定那一刻还远得很。

现在写《启蒙札记》，已完成了二十四篇，还要继续写下去。也许直到"那一刻"到来，怕也写不完。

不过总想做一件有头有尾的"大事"。想不出来。白想。

写出来的东西，有谁看？说不上来，这真叫"只求耕耘，不问收获"。

最近手腕僵硬得厉害，写小字手指不灵活，以后写"信"只好用圆珠笔。

×××
8月14日

×× ：

忘了，朱尚同几乎把我当成"马克思主义"的"专业户"了，笑话！

寄来长长的一篇某人写的"批马"的论文，让我发表意见。文章都懒得看，提什么意见？不过怕有拂他的好意，打算把我对"马公"和"马"义的看法比较完整地写给他，索性说透。

近来，我越来越讨厌"主义"了。应当考虑一下，是哪路"圣贤"第一个使用这个词儿的。自从发明和流行起这个词，引得识字的人整日价打嘴仗、打笔仗。真没劲。

×××
同日

×× ：

刘翔的事，使我想起来便不能平静。刘翔的脚伤，依华山医院提供的材料，不是一般的伤。难道押宝、把国家荣辱压在一个年轻人的脚上的人，尤其是不可能不了解伤情的教练组，没有一个人坚定地提出"不应参赛"么？

希望刘翔的伤终能治愈,不致让他成为"祖国荣誉"的"牺牲品"。

×××
8月21日晨

××:

在北京开奥运会,我想至少有一个好处:向观众(包括电视机前的人)普及一些世界知识;让人们知道原来世上不仅只有自己和自己周围的人。因此可以有一点"全球化"的意识。

×××
同日又及

××:

最近,国际上发生的事,可能预示大变化。俄格冲突背后是俄美较量。而欧洲几乎一致地站在美国一边。所以,媒体说,"新冷战"时期马上开锣了。

波兰的命真不好。历史上多次成为大国争夺的一块骨头。美国要在波兰部署"反导弹"系统了,波兰因而又成了俄国的准敌人。一贯从内心深处敌视俄国(无论沙俄还是苏联,或今天的俄罗斯)的波兰这回彻底倒向西方了。

美俄交恶,大概(肯定)是中国所乐见的局面。

我的兴趣离国际关系问题日远。但现在国际舞台上所演的戏剧有点看头了。

胡锦涛在奥运闭幕后的第二天就去了韩国,"联合声明"的调门很高。

×××

8月23日

××:

我的手指写小字,真是难乎其难了,但是要奋力去写,以防其麻木下去。写大一些的字反倒还可以。因为写大字凭的是腕力,只要能"甩"出去就行。写小字全仗手指的力气,尤其是用毛笔的时候,两个手指几乎使不上劲了。右手腕上方接近手背处正肿起来,所以拧任何如门柄、瓶盖之类的东西都不起作用。

手、脚、目、耳都在退化,血压不稳,血透时下降。睡眠时好时坏……只有大脑总是清醒而灵活的,这很好,但是想做而做不了(因为别的相关器官跟不上),也是件烦事。

学电脑也不易,一曝十寒,效果不理想。要学到能用它工作,恐怕办不到。

×××

9月4日

××:

因为要搬家整理旧物,搜出几本上世纪80年代初期的笔记本。内容有在西山卧佛寺讨论《战后西欧国际关系》草稿的记录、我主持所务的回忆等等。二十多年前的工作状况飘回脑际，讨论是那样认真，卧佛寺三天全用在了讨论书稿上，没人逃会。最后有半天去游"周家花园"。今天借开会之名行旅游之实的事形成风气，这样正儿八经地高效率地讨论一本书稿的会，是不能想象的了。

×××
9月6日

××：

此刻是凌晨三点半，清醒得无法再入睡，好在已经睡了四个半小时，睡得不错。

是右臂 les droits, les bras[①]，从指尖到肩头，疼得禁不住叫出了声（左手也又麻又疼），以致把中筠吵醒，过来为我按摩，减缓。

臂疼不时发作是近两个月的事，左手则有半年以上了。病友老汪已经透析十三年，常叫胳膊疼痛难忍。别的病友，病史长的，都有这种毛病。可见是"通病"。今晚实在太疼了，睡不着，就起来写。写是为了活动手指，是一种运动。因为写需用力，就活动了血脉，这也许是一种特殊的"疗法"。

我周身都有病，只有大脑是健全的，还喜欢看康德那

---

① les droits, les bras：法文，意为手指、胳膊。——编者注

样的书，想些抽象的事，对民众的启蒙，念兹在兹。只要还能如此，就有快乐。等到什么时候脑子不动了，生命也便结束了。

大脑和血肉之躯，有相当大的反差。

杜甫有两句诗："眼边无俗物，多病也身轻。"可惜，"俗物"太多了。

昨晚十时吃了一小块蛋糕，不该吃，胃不舒服。真真的是"动辄得咎"。奇怪，吃西餐无此毛病，我莫非真是"全盘西化"了么？此"盘"乃"盘中物"也。

×××
9月11日

×× ：

家中已是天翻地覆了，所有的书都打了包、装了箱。

房子"过户"的手续、程序，非常复杂，大纸头、小纸头。中筠团团转，太难为她了。买房、卖房，本不是什么难事。问题是"央产"变"私产"，"私产"要"上市"，"央产"说必须得到批准。于是，一个麻烦牵出另一个麻烦。办事的人"照章办事"，滴水不漏，怪不得他们。

又搜出了一大堆"文稿"。如果我是"名人"，死后定有好事者对这些"断烂朝报"产生兴趣。

×××
9月16日

××：

一片乱糟糟，把幼年时陆续买的画谱用报纸包起来，准备装箱。

这些画谱有王石谷、恽南田、戴文节、黄大痴、黄遵宪等人作品的铜版复印。比较近代的有陈树人、溥心畬（"心畬墨妙"四个字是张大千题写的），还有一本金拱北的山水画。在金拱北的画册的封面上写有购买的日期："民国三十二年×月×日"，那年我十三岁。这表明在日本统治时期，我家是认同国民政府的。

这些画谱都是在春节时我在海王村厂甸的旧画摊上买的。那时家中的状况已经不太好了。物价飞涨。日本占领军和伪政府虽然加紧控制，但是人们私下悄悄传言美国已经出兵了，日本人的日子不好过了。

我非常喜欢我用挤出的零花钱买回的这些画谱。几十年后，中国发生了"史无前例"的"文化大革命"。在"破四旧""横扫一切牛鬼蛇神"的暴乱中，我哥哥半夜听到"西纠"的造反派抽打所谓"五类分子"，以致他们嘶叫哭号的声音。哥哥神经极度紧张，提心吊胆，害怕不知什么时候轮到自己头上。第二天一清早急忙找来一辆板车，把家中的旧书扫数装在车上，送往"西纠"指定的一个中学。哥哥特意冒险把这些画谱藏在一只箱底了。因此这些老家伙免遭一劫。

我买这些东西时，它们已经老迈不堪了；此后又过了六七十年，自然更加破旧了，纸更黄了，也更脆了。现在又要搬家了。几十年来，它们从銮庆胡同搬到锦什坊街，又搬到机关宿舍，搬到德胜门外的蒋宅口，然后是前门东大街、东总布胡同……现在则将从芳古园一区随我们最终落脚到芳古园二区。这些老家伙可算历经沧桑了。

×××

9月19日

××：

常说，搬一次家，脱一层皮。信然。何况是一层"老皮"！

居然还能"忙里偷闲"画画。丫丫前年用一盒颜料画"美丽的彩虹"，剩下一堆废料，便用来作画。

忆及儿时上贾家花园普励小学，"美术"课画水彩画，跟现在的丫丫一样。差不多到十岁，跟王仁山学画中国传统"山水画"。这是我绘事的"启蒙"阶段。四九年以后画得少了，断断续续，基本上停了三十年。"文革"后画了不少。老来"衰年变法"，今天画的这幅，糅合了国画、西洋水彩，设色潜在地受有吴冠中、张艺谋、丫丫的启发。这是什么派？作画时想的却是"万里悲秋常作客，百年多病独登台"。真是文不对题，或者是"驴唇不对马嘴"。

×××

9月21日凌晨

××：

"保姆危机"已数日了,真领会到了找合适的人之难。

就要搬出住了十年的芳古园一区三单元404了。在这里住了十四年,做血液透析也十年了。在这期间写了不少东西,该当记住这间陋室。今天要把捆绑了几天的书籍、物件搬到"临时仓库"去。中筠要到银行去办理向新居卖主的预付款。按约定就可以拿到钥匙开始铺设地板了。这张桌子要进仓库,现在正写这封"信"。

如果一切顺利,在刘绯提供的住处暂住一个月,也许能进驻新居了。

静下来的时候,不知何故略微有些怅然。

×××

9月22日晨光即至

××：

在1105已经住了两天了。最乱糟糟的日子已经过去了。此刻(午后整两点),从没有这样安静过。脑子正在向"启蒙札记"回归。

最近发生的"奶粉事件",令人懊恼。商人重利、见利忘义,天下滔滔者皆是。而在中国则还反映了中国人特有的"国民性",这是任何法律都管不住的。昔日曾有要改造这种令人厌恶的"国民性"的理想,未免使人觉得空泛无边,但确实是几千年积淀下来的历史问题。"启"这部分庞大人群之"蒙",是一件看不到头的"工程"。想到这些,令我无可奈何。

明天是我的"透析日",预料又是一个忍受"低血压"的日子。

×××
9月30日

××：

自从八月二十二日,中筠和小丰下决心"换房"(主要是小丰拿了主意)起,至今一个多月来,中筠几乎每天,甚至每时每刻都在忙碌和操心。有时老太太几乎是拳打脚踢,把全部心力都放在上面了。一个书生,怎么那么能干!考虑得那么周全,真真是事无巨细啊!她放弃了她平时最热衷的事情,投身于她完全"外行"的琐事上。诚然,"得道多助",援手的人不少,没有他们是不行的。但,全面的考虑却只靠中筠。我是个废物,是"照顾对象"。

对她,我心怀感激和同情,时时担心她会累垮。一切的一切都是为了我们的最后的岁月过得好一些。

祈求上天保佑,别把她累出病来。对此,我一直不放心。我十分歉疚。

×××
10月3日

××：

华国锋死后，熊向晖的女儿熊蕾著文，写乃父对华的印象和华国锋与叶剑英商量怎样抓"四人帮"的经过。看来，华国锋并不是一个没有棱角的人，而是颇有些主见和个性的人。

[……]

中国的"国史"是统治者的历史，修史者很懂得这一点。所以修"国史"者都是学司马温公的"以史为鉴"。

故"史无信史"，难有董狐。

×××

10月12日

××：

无端地翻开书架上鲁迅的书随便浏览，在收入《坟》中的《未有天才之前》里有一段批评"整理国故"，觉得用在当前的"国学热"上也不无参考价值。且抄下备用：

> 自从新思潮来到中国以后，其实何尝有力，而一群老头子，还有少年，却已丧魂失魄地来讲国故了，他们说，"中国自有许多好东西，都不整理保存，倒去求新，正如放弃祖宗遗产一样不肖"。抬出祖宗来说法，那自然是极威严的，然而我总不信在旧马褂未曾洗净叠好之前，便不能做一件新马褂。就现状而言，做事本来还随各人的自便，老先生要整理国故，当然不妨去埋在南窗下读死书，至于青年，却自有他们的活学问和新艺术，

各干各事，也还没有大妨害的，但若拿了这面旗子来号召，那就是要中国永远与世界隔绝了。倘以为大家非此不可，那更是荒谬绝伦！

×××
10月16日

××：

近来时不时地见到有人著文谈所谓"文化自觉"，仿佛几年前费孝通在他最后岁月中讲出了这个词，还解释道，既要"美人之美"，也不要忘记我们自己的文化中的"美"。费孝通的言词，一如其人，是很"中和"的。

近时有些文章（如那位朝三暮四的"摩罗"）似乎把"文化自觉"带上了"复古"的色调，因而自觉或不自觉地与当今泛起的"国学热"攀上了亲。前一封抄引的鲁迅的话可以作为此问题的一个"笺注"。所谓"文化自觉"万不能走向"与世隔绝"。因为"文化自觉"既该"自觉"于我们的古老文化中的"美"，更应该"自觉"到我们传统文化中的"丑"。而那些久久贻害社会和人心的"丑"，正需要借助于外来文化中的"美"来加以涤荡、淘洗。这或许也是"启蒙"之一道。我这样说，也许某某人会说我是"外国的月亮比我们的圆"主义，即"西方中心"论者。我没有这个意思。

×××
10月18日

××：

我不清楚，我的身体到底是怎样的：是往好的方向走呢，还是相反。

血压低是个弄不清的事，就是血管越来越老化罢。什么时候，血压计测不出来了，大概人就到头了。没有弹性的塑料管是个什么状态，想想看。

腿脚越来越没有力气了，膝关节撑不起来，所以一坐下就起不来。有一天怕要瘫下来。想想很可怕！

但是，血透十分"充分"，当日疲软不可支，第二天即如"常人"，可以正常地读书和作文。

我不知道还能活几年，大概五六年罢！

×××

10月23日

××：

有许多事都是无可奈何的。

就说我们找的阿姨吧，很不容易找来这样一个老实而且任劳任怨，很想把事情做好的人。但是，就好像"缺"点什么。

她是四川绵阳人。你不要以为凡四川人都会做"川菜"。不是的，我们的这位阿姨，只会做那种所谓"农家菜"。她很省油，烧出的菜，清汤寡水，好像只是水煮出来的。

我说我营养太差，一点点油水，隔天透析便所剩无几了，因此时时处于"半饿"状态。一天三餐，只早饭吃得舒服。这种情况，连中筠也不完全理解，因为她不需要"透析"。

于是我的营养大半靠黄油、奶酪之类。我对阿姨烧的饭菜，不太抱希望了，对中、晚两顿已没什么兴趣了。就这样罢。

×　×　×

10月26日

××：

这封"信"是寄居在1105一个月最后一天写的。明天就搬入"新居"了。

最近这几天我简直是"活受罪"，天渐渐冷了，而1105不是单纯的"冷"，而是"阴"。更糟的是自从24日停电爬了十一层楼，搞得全身关节都疼，这两天更甚。坐下起来都十分困难。今天上午两次如厕，麻烦大了，费了九牛二虎之力才在中筠用力搀扶下站起来。

我想糟糕了，恐怕今后就这样下去了。前天我对卡布尔说：I am painful everywhere except the brain still working[1]。

我想到"半瘫痪"状态，想到去年买了轮椅，更想到比我更老更多病而依然顽强的老人们……

×　×　×

10月31日

---

[1] 意思是：我哪里都疼，除了大脑还在工作。——编者注

××：

什么叫历史？史学家们说要还历史的"本来的面目"：张三说历史的"本来面目"是这样的；李四说"否"！我说的才是"本来面目"。听他们"舌辩""笔争"的普通人给弄糊涂了。不过有个"大关节"大致不会太错，就是在说"古"的时候，把"帝王"们说得如何英武圣明，如某朝的多少"帝"之类。我想，听"书"的年轻人最好当作"玩笑"，万不可当成"本来面目"。"历史"有时是由人摆布的。听书的人在陶醉于故事情节时，总要留个"心眼儿"方好。

孟森的《心史》中有一篇《朱方旦》，道不明犯了"圣朝"的哪条罪，于是孟森查看了许多有关材料，东一鳞西一爪，串连一处，不加自己的渲染，非常有说服力地告诉人们"圣朝"开"朝"之日起就是一个古已有之的"吃人"的社会。有这本"账"在心里，什么"康乾盛世"就都是些历史中的故事而已。黄裳有一本"小册子"，那真是一本"小"册子，里面写的是"大清"时代的"笔祸"，那真是"本来面目"。这本小册子大概不"畅销"，里面没有"英武神明"，只有血淋淋的社会一角。读或听"史"者能不慎乎？

×××

11月6日

权当思想自述

××：

或许这是一封为我一生"画像"的信。它有些像给女儿的信。当然只有在我"百年之后"她才会偶然地看到。不过我有写一写的冲动，尤其是我目前的身体每况愈下的时候。

我是老实人，有时老实得过头。但我有时对人对事又难免偏激而尖刻。老实的时候，我容易同情所有的人；但当我偏激而片面的时候，我对所有的人都"怀疑"几分。所以，有人说我"厚道"；而有的人则觉得我很傲慢、清高、尖刻。

其实我是受旧礼教的熏染长大的，自幼就懂得敬老爱幼："老吾老，以及人之老；幼吾幼，以及人之幼，天下可运于掌。"如今可能有人把这些话比附为"世界主义"。我并不曾想到什么"世界"。在我当年念这些话时，一心一意只当作做人的规范。待人接物严守一个"礼"字。在接受西方文化以前，我的"自我"就是一个"循规蹈矩"的书生。

所说"接受西方文化"，却是真心实意地觉得"西方文化"优于"中国文化"，这个过程很长，一言半语说不清。现在有些好朋友，如何方，调侃说我是"西方中心论"。就算是吧。

我一生可说有四次大的"转变"：

第一次是封建旧礼教的"孝子贤孙"（虽然从幼年就学一点英文，看些新文学，但不足以改变旧礼教对我的影响）到（十五岁左右）对家庭的厌恶和反感一点点增加。在这方面，巴金的《家》对我有很大的震撼。觉慧、觉新、觉民，我像哪一个？在我脑中盘桓了很长时间，既使我痛苦，又使我感到没有出路，很彷徨。稀里糊涂到了二十岁左右。

第二次大"转变"始于1949年，几乎"一夜之间"我从旧礼教的"孝子贤孙"成了中国共产党的追随者。几十年当中，"入团""入党"。"文革"是个非常特殊的时期，个人和国家前途一片茫然；这样我随着大潮流进入了20世纪80年代，我已经是半百之人了。现在回首看这五十年，我有"自我"么？简单地说：只有"小自我"，没有"大自我"。

第三次"大转变"始于80年代，这次"转变"有两大特点：第一是这才有了真正的"自我"。第二是在此时期，我越来越成为"西化"论者，认为救中国非向西方学习不可。

现在是进入第四次"大转变"的时期了。就是把西方文明"理想化"转向看作更为繁难的"历史哲学"，而不是把它简单地"模型"化。例如，美国民主、法国民主、英国民主，等等，都是由西方文明出发的"摹本"。我晚年想做而可能做不成的问题，就是探索西方文明何以产生出这么多"摹本"。这是一种非常"虚"的问题，不可能研究出什么结果来。我这样的身体，这样的年纪，脑子里又积存了那么多的东西，做这样的事，是最合适也最愉快的了，无始无终，恍恍惚惚，在烟里雾里寻觅快乐。

古今中外，我最服膺的人，只有康德。他使我理解了天下难解之事，也使我了解自己。现在许多人都自诩康德专家，我觉得都只是"专家"而已。我现在已是斗室中的"世界主义"者了，羽化登仙，大概是一个老人最入迷的境界。

十天以来，身体"陡然"而迅速地衰弱下来，周身像泥捏的一般，才懂得了这叫作"甲状腺旁腺机能亢进"，致使全身骨钙严重流失，不得不坐上了轮椅。我奋力地想各种借力的办法"站"起来，但都失败了。我这样一个"自尊"的人，不能不动一动都有求于人。这是我自1998年开始血液透析以来下的一个关键性"大台阶"。

至于我的"精神状态"么，依然平和如故。身体恶化得这样快而且如此突然，我想到八个字："临危不惧，遇难不慌。"

以上是我此生四次思想变化的概述。下面是我的三个牵挂。

一是与我"志同道合相互提携"的老伴，将来如何生活？她也已高龄，现在为自己钟情的事业和家中繁重而琐细的事操尽心力，她的心力能坚持多久？

二是我在国外的两个精神寄托：小丰马上五十岁了，真无法想象时光走得这样快。丫丫小宝贝，身心健康，只是想能有机会常看到她。

三是我个人最难说的事，就是在有生之年（还有多长？）修订《欧洲文明》的两本书。最近几年，我又积累不少资料，我感到我正在向某种"历史哲学"迈步。但是岁不我与，照现在的情况看，很可能做不出什么，终于将是一桩遗憾的个人"牵挂"。

以上可以说是一封"代遗书"的"提纲"，虽说很粗疏，但却是"深思熟虑"的结果，即使再增加些细节，也出不去这个"大框框"。我对自己的看法如此而已。

一个星期期间,有时写几行、十几行、几十行,完成了这幅"画像"。

11月21日

写时不累,写完了很劳累。

又及

附文　终于发出的信

2008年12月4日我赶到北京的时候,父亲刚进重症监护室。我晚到了半小时。我跑去三次,第一次被告知晚上可以来。再去时遇到一位三十来岁的值班大夫。他无理无情地不让探视,于是我询问病情,他的开场白是:"透析这么多年了,总有个头吧。"这句近乎废话的"真理",我永远不会忘记。第三次再去,监护室主任终于同意让我进去看看。父亲样子很平静,因为肺炎,脸色微红。他还没插上管子,还能说话。但只来得及说了两句:

——你什么时候回来的?

——昨天。

我尽量少用字，好让他看清我的嘴型。他的助听器被摘掉了。

——你怎么瘦了？

他声音微弱。

我眼泪在眼眶里打转，木然地看着他。大夫已经催我走了。

我尽量做出平静的样子，嘀嘀咕咕地说了句"你安心治病，我再来看你"之类的话。

他微微点点头。

一共不到五分钟。

以后的三周里我和母亲无奈地在家里等待。能做的只是每天下午三四点钟去医院以不变应万变的神情麻木地倾听不同的大夫以不同的语气或耐心或厌烦地讲述病情变化。透过各种医学名词我们能理解的是肺炎难以控制，他的各种生理器官正在无可挽回地衰竭。他的意识、神志、思维和感受不属于医生的叙述范围。大夫说他什么都衰退了，就是脑子好。我于是问能否给他写字条，给他看看他日思夜想的小外孙女的照片，让他知道我们在他身边。年轻大夫说可以。年长些的女大夫则说这样刺激他，让他激动不好。等我再被允许进去看他，他已经被埋在各种管子下面，被注射了安眠药，人为地进入冬眠状态。思维和思念已成奢谈。我极后悔没有坚持去"刺激"他，让他临终前体会到最后的理解和挂念。我想象着他看着外孙女照片时脸上露出的微笑。

他康复的希望日益渺茫，我与他交流的愿望却不可抑制地增长。

入夜我难以入睡，在他房间里溜达，东摸摸，西看看。我想知道他在看什么书，在写什么，在想什么。他的笔记、日记都因搬家捆在一起，还没来得及打开。我发现他进入重症监护室前枕边的读物是《丘吉尔回忆录》。李慎之先生临终前常跟他谈起丘吉尔，他现在为什么也忽然重新拾起因"文革"而中断的《丘吉尔回忆录》的阅读，回到二战的烽火之中？这十二册《回忆录》是他上世纪60年代在开罗一家小书店买的，"文革"期间被收缴，"文革"后才归还。我想我还有机会问问他……我在他书桌上看到一个漂亮的红色笔记本，新的。打开发现是他入院前2008年8月14日到11月21日期间陆续写的。小楷毛笔，繁体字，还有标题："给没有收信人的信"。还有一本日记。他在8月14日那天的日记中写道："始辟《给没有收信人的信》书册，记所思也。"

这些信是给谁的？不是给我母亲的——她就在他身边。除了最后一封信，也不是给我的。他在向谁倾吐？他希望谁听到这些话？我想象着写这封信时他心里想着谁，写那封信时又想着谁。有时他心目中的收信人可能是不同的、互不相识的朋友。有些信是深夜写的。他透析晚期，周身疼痛，难以入睡，便起身握笔与看不见的人交流。他孤寂么？深夜临窗，孤独是肯定的，但是他不寂寞。他脑子很活跃，眼前很热闹。他想找个人聊天。就像小朋友，孤独了，就叫来他们给自己编出来的小伙伴，跟他玩，跟他聊天。这想象中的小伙伴招之即来，挥之即去。我想老爸在书桌前写信时大概就是这样。所不同的是，他想象中的收信人可能都是新朋老友。

他有时会客观、冷静地描述病痛带来的烦恼，但毫无哀怨。刘翔的脚伤、华国锋去世、美俄交恶、金融风暴、奶粉事件都在他关注之列，当然还有他念念不忘的启蒙和他崇拜的康德……最后一封信是写给我的，他素描了自己一生的心路历程，说是遗书的提纲。我终于也只看到一个提纲。我不知道是不是有人走前来得及把想说的话都说了。父亲显然还有很多话要说，有很多话要写。他没有做好这就走的准备。最后一封信写于2008年11月21日，思路和笔迹还那么清新。六天后，11月27日，他住院。一个月后，12月27日，他走了。今天他离开我们整一个月。明天是他和小外孙女的生日。这些信虽然"没有收信人"，但既是信，就是准备发出去的。我还是别再耽搁，赶快把这些信寄出。也许他心目中的收信人能认出自己，给他回封信。

陈丰

2009年1月27日于巴黎

日记

2007年2月3日　周六

这里记下的,是在长夜无眠或在迷迷糊糊、思想非常不集中时的"胡思乱想":我的"有效生命"还有多少?有太多的事情想做,时间太不够,于是"想"的比"做"的多。还有差不多半年的时间,结婚五十周年(金婚)纪念日就要到了。光阴如白驹过隙,真的。维也纳,是我们的"月下老人"。那时我们只有二十六七岁。还有赫尔辛基的白夜,夏日的白夜。被时代甩得够远的了。对前景:是失望,还是绝望,还是抱着看不到的希望!来不及了。说了半天,到底你说怎么办!我想做什么,我能做什么,我做得了什么。

我讨厌那些"大款","钱,钱,钱!""铜臭"。

一团棉絮,落在水泥地上,一点儿声音都没有。何苦来!大半辈子,所司何事?

聚多离少,所以没有"两地书",许多事流水般过去了。

有时我很寂寞,但有时又欣赏这寂寞。矛盾!

日常"安排",只能如此:

每周一、三、五上午透析日,看些闲书,如果有精力的话。二、四、六、日上午伏案两小时，天暖起来后，可能延长半小时到一小时，下午午睡后翻翻报纸。

所以，写字、画画的时间没有了。晚饭后全然无力。

想来想去，到现在其实只写了两本书：《欧洲观念的历史哲学》和《欧洲文明的进程》。其余的，都是赝品、次品……难怪我"落地无声"！

2007年3月18日　周日

"历史"总是隔膜的，即使史学家亦不能例外。冯友兰曾说写出的历史与真实的历史总是有距离的，不可能一模一样。所以"明星"学者乃得以售其奸。他们利用了这"隔膜"。

梦中我快死了，要立个"遗嘱"，说亲属告别"遗体"后，即将"臭皮囊"交给医院；眼角膜等可用的零件都捐出。又觉得索性整个儿遗体交给医学院，供学生们上解剖学之用。

2007年3月21日　周三

在中国可称为"知识分子"的有几类？

有人文关怀的、忧国、忧民、忧天下，其中有些是anti-establishment[①]——少数。

---

① anti-establishment，意为反体制者。——编者注

早年参加革命，晚年彻悟的老干部——少数。

专业知识分子又分两种：

搞社科、人文学科专业人员——"翰林院"里的"庶吉士""编修"之属，党政部门之研究可能属之，"职业性很强"，而少有人文之关怀。

科技人员——相当多。此类人在西方不在"知识分子"之列，是一些只关心"形而下"的人。

"专业知识分子"的多数有知识而少或无文化——技术型。

有头脑的文艺工作者。

无头脑的文艺工作者——他们从本质上讲不算"知识分子"。

2007年3月27日　周二

吾一生最大幸者之一是没有"陪伴"过高官。故心地干净之至。看影视剧《杨三姐告状》及如今官场中之chinoiseries[①]种种。

2007年4月8日　周日

病亦有乐，虽然体渐衰、时气喘……吾也不改其乐（幸尚有维持之道，离"弥留"之际尚远），乐者何？

---

① chinoiseries，意为中国风格。——编者注

可读不讨厌和看得懂之书文。做透析时也看，累了或困了便放下。"放下"的时候越来越多了！可听古典CD，最使人心动者为贝多芬，与巴赫、莫扎特轮流；有时换上余叔岩的"十八张半"："我本是卧龙岗散淡的人……"边写东西边听，有点儿声音助兴。

可与老伴或朋友聊有兴趣的"天"，山南海北、古今中外，唯我常因重听而"打岔"，或根本没听清。

春天来了，天朗气清、惠风和畅之时可散步walking distance（步行距离之内），左看看、右看看，小外孙女丫丫不在身旁，便看别人家的小孩嬉笑玩耍。

午后红茶不可废，英人叫afternoon tea，和老伴儿一起享用，"交流意见"。如适有朋友来，则共享之。

好美食。不好美食者一定没有情趣和幽默感。好在我胃口越来越小，饭量越来越少，容易满足口腹之欲。每有"饭局"（不是大吃大喝、狼吞虎咽，是朋友"雅集"），只要身体顶得住，便去。此类"饭局"多赖沈昌文"组织"。日前假座翠明庄，散席时沈公叫："下次去'小南国'！"我说："去上海？"他说："最近北京也开了一家。"

记得十多年前我的病已确诊时，李慎之不懂是什么病，问我："你将来会是怎样死法？是像××那样缓慢地死去？还是像×××那样突发心脏病死去？"我答："大概是前者。"李说："明白了。"他对我说的最后一句话是问我："你对丘吉尔怎么看？"

上个世纪还有两三个月就到头了。一天，董乐山跟我说："咱俩当'跨世纪人才'，大概不成问题。"我然之。过了些日子，他竟去了，没当成"跨世纪人才"。我固云：病也有乐，病也需乐。说不定哪一刻，"病"与"乐"一起烟消云散。他"抢救"（已告无效）那天，我正在医院透析，听说后要去再看他一眼，美国所的小钟急忙拦阻："行了，您就别去添乱啦。"我想，生死有命，罢了呵，罢了！长叹一声：永别了。

2007年4月19日　周四

马连良毁了两出戏：把《甘露寺》中乔玄的四句摇板扩大为"劝千岁……"西皮流水，乔玄成了"里通外国"的滑头，把《群英会》后面"借东风"的孔明弄成了一个呼风唤雨的老道，而且喧宾夺主。其病亦在个"滑"字。

吴小如赏其飘逸、惜其俗媚。是定评。

2007年4月26日　周四

数日前，俄叶利钦弃世。胡发了唁电，赞他为中俄"战略伙伴关系"所做之贡献。昨晚《新闻联播》播吴仪到俄驻京使馆吊唁。此官方态度也。网上传来《南方都市报》二十五日社论，盛赞叶，称他的政治遗产是"面向自由"。这篇社论写得甚好。

自三月中旬起，血色素屡降，现为7.9，比正常值的11，降了许多。其间照X-Ray和验BNP，断为心脏功能不全，舒张乏力，故时有气喘。复由长期小睡而持续加大透析量和降低"干体重",以致今骨瘦如柴,身体像抽空了的皮囊。这段时间最难受,加之睡眠时感不足,致体虚更甚。奈何!奈何!

2007年5月5日　周六

此"封建"(中国先秦)非彼"封建"(欧洲中世纪)。因疑欧西之feudalism是否应译作"封"建。盖春秋战国时之"封建",重在一个"封"字。故柳宗元有《桐叶封弟辨》。而欧洲中世纪的feudalism则无此"封"意。

颇喜欢龚自珍这首小诗:

> 浩荡离愁白日斜,
> 吟鞭东指即天涯。
> 落红不是无情物,
> 化作春泥更护花。

尤其是后两句。我不是"落红",而是"败叶",但同"落红"一起化作"春泥"也是一种运气。《在中西之间》写的就是一片"败叶"是怎样化为"春泥"的。

2007年5月20日　周日

欣闻已从"死神"处夺回一命:

心跳装上起搏器，

肾功只凭血透机。

天公为我歌一曲，

快快活活无穷期。

2007年6月16日　周六

近半个月，两次进医院，前装心脏起搏器，后闹心衰危机，胸腔积水，危及心、肺等各部门，乃至生命。紧急时，全交给了医生。任他们摆布、宰割……ICU、抢救室、观察室……都见识了。"阎王殿"门口转三转，发入内证的小鬼说：没号儿了，拒收。中筠被命签了不知多少"如有意外概不负责"的字。用不着"论证"，让签就签就是了。"观察室"的厕所，"最可怕"！

在"观察室"里有时半醒半睡，总觉是有日子了，但都不那么清晰可数。最奇特的一种，是自己清楚地知道躺在那儿是我身体（存在）corps propre[①]，但却不认为是我的全部，好像体外还存在一个渺渺茫茫、游魂般的"实体"，想抓住它；醒转时，我的"全部"实实在在就在床上，"游魂"只是个"幻觉"。

也许而且可能，经过一番紧风骤雨般的大折腾，来个体内"大调整"，未始不是件好事。

---

① corps propre：(法哲) 现象学名词，指全部生命，即肉身。——编者注

2007年7月5日　周四

自手术后，各方面都有显著改进，失眠解决不少。

> 早岁哪知世事艰，
> 懵懵懂懂过中年。
> 如今晓得忧国忧民忧天下，
> 残年衰朽已惘然。

2007年7月13日　周五

近日重看《琅嬛文集》，甚觉好看。以前看，囫囵吞枣，近日看，乃觉其美秀灵。惜其多用奇僻字，典故也太多。只是通篇看去，真是一派好风景。张岱有《石匮书》《史厥》诸作，不知何处可以觅得。盖如他所说三易其稿，九正其讹，有不确者，宁缺毋滥，信为自洪武至天启之信史。《琅嬛文集》凡六卷，付梓者于偶然得之，时已清道光年间，光绪年始刻，张宗子未之见也。我所有者，为岳麓书社于1985年据光绪本重印而校改其讹。点校者云告，不识其何许人。书凡六卷，曰：序；记、启、疏；檄、碑、辨、制；乐府、书牍；传；墓志铭、跋、铭、赞；祭文、琴操、杂著、颂、词。附旧刻序跋，前有黄裳作"代重印前言"，题《绝代的散文家张宗子》，附周作人《再谈俳文》节录。

此一"口袋"小书，吾甚珍爱之。往昔读之，谨限数节，未得全豹，只爱其文尚自由，而不晓囊中藏如许珍宝也。因翻检钱基博《中国文学史》，有明一代文人，竟未见张宗子三字。怪哉！

吾家藏书不多，仅几个书架子，已够余生消受矣。此吾不买新书之故也。

2007年7月19日　周四

近连日头眩，脚下如同踩了棉絮：颈椎压迫脑神经？透析量过大？

狄德罗和张岱轮流看。用典多，是其同。文字舒畅反映内心自由，也是其同。所谓"状难写之景如在目前"均其同。不好比，只是读者如我者的心态。

"金婚"纪念，五十年了，半个世纪过去了。好像到了一个阶段，这个阶段以后，即步入另一个阶段……

奶奶在教丫丫弹琴，丫丫总要调皮：奶奶就是奶奶，奶奶不是老师。

三联三个女士来，加上家中二女士，五个女士，同一个分贝，同一旋律，到我耳朵里，什么都听不出了。我的耳朵从两次急救以来，一直不好。据说该掏耳朵了。

丫丫画了一张"梦"让爷爷照着她画的去做"梦"。画上有唱歌的小鸟一只，唱道："I love you, you love me！"树洞里爬出一只小松鼠，天上一只飞鸟和一颗流星，等等。

2007年8月7日　周二

不知从哪一天起,"笔会"添了一个新栏目——"明清文人手札",好极、喜极,终于有人没有忘掉这宗"遗产"!有人已不会用手写字了。我在医院,医生开的药方,龙飞凤舞,歪歪扭扭,有时药房竟不认得。老天爷,这是电脑流行的"副产品"呵!这个"新栏目"至少有个作用,看到它时(原文如此),起码可以说声:汉字原来可以"写"得这样美。再进一步,那确实给"笔会"增加几多文韵。

今天刊出的是明末张宗子(张岱)的一件手札,我还是第一次见到张岱的字。张岱的祖上是"蜀产",移居浙江山阴,两地皆人文荟萃。历来都以散文家目之。他的散文,无论是序跋、书启、游记、碑铭,还是一些泛泛游戏之作,都是很有味道的。黄裳先生称许为"绝代散文家",并非过誉。

常言:"人无癖不可与交,以其无深情也;人无疵不可与交,以其无真气也。"(《五异人传》第175页)故是性情中人,有明一代文人,唯徐渭徐文长可与声气相通,因为他们都不是道貌岸然、不苟言笑的道学家。绍兴今有徐文长"青藤书屋",而张岱在故乡似未留痕迹,何故?

一般文学史多述前后七子,晚明公安、竟陵已不属"正宗",至若徐渭、张岱,颇少涉及,甚至不着只字,何不公平之甚耶?

张岱七十而有自撰的"墓志铭",时宗子已年届古稀,尝言:"少为纨绔子弟,极爱繁华,好精舍,好美婢,好娈童,好鲜衣,好美食,好骏马,好花灯,好烟火,好梨园,好鼓吹，好古董，好花鸟，兼以茶淫橘虐，书蠹诗魔。劳碌半生，皆成梦幻。年至五十，国破家亡，避迹山居，所存者破床碎几，折鼎病琴，与残书数帙，缺砚一方而已。布衣蔬食，常至断炊。回首二十年前，真如隔世。"

但毕生"好著书"，其所成者有《石匮书》《张氏家谱》《义烈传》《琅嬛文集》《明易》《大易用》《史阙》《四书遇》《梦忆》《说铃》《昌谷解》《快园古道》《傒囊十集》《西湖梦寻》《一卷冰雪文》等。

其中《琅嬛文集》所收文字，长短不一、锦心绣口，时见谐趣。文集分序、记、启、疏、檄、碑、辨、制、乐府、书牍、传、墓志铭、跋、铭、赞、祭文、琴操、杂著、颂、词。

其文多姿多彩，梅尧臣所谓状难写之景如在目前，含不尽之意见于言外。张岱之文今称散文，即英国 essay 之意，亦可称"随笔"，信笔而作，得心应手。

2007 年 8 月 14 日　周二

张岱因其是性情中人，故不矫揉造作，故能率直、率真。他对历史的态度最见他的率直和率真。他对本朝的已存史书，批评甚厉，常说："第见有明一代，国史失诬，家史失谀，野史失臆，故以二百八十二年总成一诬妄之世界。"于是他以自己所见写《石匮书》，"余自崇祯戊辰，遂泚笔此书，十有七年而遽遭国变，携其副本，屏迹深山，又研究十年而甫能成帙。幸余不仕版，既鲜恩仇，不顾世情，复无忌讳。事必求真，语必务确，五易其稿，九正其讹，稍有未核，宁阙勿书"。他给朋友写信说:"欲少曲一笔,断头不为。"

宗子认为作史不易,举太史公为例云:"太公史其得意诸传,皆以无意得之。不苟袭一字,不轻下一笔,银钩铁勒,简练之手,出以生涩。至其论赞,则淡淡数语,非颊上三毫,则睛中一画,墨汁斗许,亦将安所用之也。"

张宗子晚岁穷苦,所谓"国破家亡,无所归止,披发入山,駴駴为野人……作自挽诗,每欲引决,因《石匮书》未成,尚视息人世"。

与友人李砚翁书:"弟《石匮》一书,泚笔四十余载,心如止水秦铜,并不自立意见。故下笔描绘,妍媸自见。"

张岱不喜欢东林党人:(与李砚翁)"夫东林自顾泾阳讲学以来,以此名目,祸我国家者八九十年。以其党升沉,用占世数兴败。其党盛,则为终南之捷径;其党败,则为元祐之党碑。风波水火,龙战于野,其血玄黄。朋党之祸,与国家相为始终。"东林党良莠混乱,君子小人杂处,"门户甚迥",而"作史者一味模糊,不为分别……颠倒错乱,其书可烧也"。"今乃当东林败国亡家之后,流毒昭然,犹欲使作史者曲笔拗笔,仍欲拥戴东林,此某所痛哭流涕长太息者也。"

对东林中的小人,张岱说了不少"狠话",其庸庸碌碌者姑且不论。其贪婪强横、奸险凶暴、厕身李闯、上笺劝进于小朝廷之类,宗子说"吾臂可断,决不敢徇情","手刃此辈,置之汤镬,出薪真不可不猛也"。

2007年8月30日　周四

中国的历史和西洋历史，我之所感有不同者。西洋史，无论熟悉与否、熟悉到何种程度，纵使知其毛发，总是别人身上的骨筋。中国史无论真伪，却有筋血之感。

诬妄中有真实，真实中掺着诬妄，原因之一怕是"官修"，脱不干净恩仇是非。贤明如李世民又有多少"猫腻"尚不为世人所详耶！

其中"奥妙"有不可言传者。

亦因此，愈到暮年，愈难割舍那些筋血。盖即在我体内，虽一生几经淘洗，却仍留存着那筋血。

2007年9月1日　周六

朱自清《诗言志辨》《经典常谈》，前贤多有此学养。今时号称文人若几人有此功底？热衷于"国学"者能读通此二书者庶几几人？朱自清二书当时是为中等教育写的。此是上世纪40年代事。叫人感慨！1980年重印，叶圣陶作序。

唐岑参句"忽如一夜春风来，千树万树梨花开"，写雪也，非花也。唐诗有此类句，宋诗无有也。

有唐一代，文人多多，其他朝代不能比。而唐之文士，杜甫、韩愈冠冕时辈，李白、柳宗元是比不上的。

唐诗中，古诗好于近体诗，盖近体诗束缚思想，要凑平仄、韵脚，古体诗则自由得多。

2007年9月9日　周日

一、有称中国汉魏以迄宋末为中国之"中世纪"者，庸不知此"中世纪"非彼中世纪也。不加分辨，造成史学混乱。盖"中世纪"之用为西欧所特有，中世纪接下来即为近代。中国习称"中古""近古"，其为"古"则一。又，此"封建"非彼"封建"，其义亦同。盖此"封建"下接皇权专制，而彼"封建"（即中世纪）为"古代"与"近代"之间的"中"，下接近代资本主义。

二、夫徐光启上海人也，然非上海一地之人也。故其影响（中西之交、治农、治水、治天象、治兵）远播禹域之四维内，非止上海一地。纪念他，应有此眼光，知光启为中晚明天空一明星。治史者不察也，专注意当权君臣政治。光启非权臣，且皈依了洋教，世人乃得不以常情待之，以致光启在明史不受彰显。

光启才具可与同期英国伊丽莎白王朝之培根相论，如得所用，其历史命运不当如此默默。

光启如生在英国，其经验主义的思路可与培根相垺，其用亦大；培根如生在中华帝国之晚明，其用抑或被埋没。此制度（政治文明）之不同施于个人，命运亦不同。是以一民族、一社会的政治文明是诸文明中最有影响之文明。其势如丸丸走盘，丸无论如何走，都不能离盘而走也。

2007年9月17日　周一

"信仰"是盲目的，走向极端便造成愚昧。"认识"是理性的、逻辑的，坚持的是求真。"认识"的过程比"信仰"所需要的时间要长得多，更需要思想的自由和独立。我前半生二三十年，主要靠不假思索的"信仰"，所以是盲目的；到五六十岁以后才懂得要去"认识"，太晚了！

2007年10月18日　周四

谢国桢《晚明史籍考》辑嘉兴沈起，字仲方，号墨庵，晚为僧，著有《学园集》《学园集续录》。尝拟撰《明书》，谓明不亡于流寇而亡于厂卫，"断自成化十二年秋，始设西厂，绝笔焉"。（"绝笔焉"前疑有阙文。）又特设西厂在明宪宗成化十三年正月，以太监汪直领之。（晚明文人多有痛感。）

沈起，未详其人。因忆"文革"后曾购谢国桢《增订晚明史籍考》一巨册，内容之完备丰富，令人对谢氏之治学精神，肃然起敬。然沈起之人亦不见著录。"文革"后买书不少，其时亦正精神为之一快之短暂几年，至"清理精神污染"和"反对资产阶级自由化"即逆转，兴奋之情迅速浇灭。

王毅近著《中国皇权制度研究》，宏丰思精，似未参及谢著。梁启超建议谢治晚明史，遂竭一生之力详考万历至崇祯以及南明小朝廷历史，创获之丰，前无古人，后亦少有来者。此实研究中国皇权之祸之最不可绕过者。

吾读书浅尝辄止，昔日已读之书今日再读时竟似未读过者。中年荒芜，而浮躁以至读过即忘。亦有长年"饥渴"后不择细食之故。年近八十，殊觉悔憾。费孝通暮年补课之感，非一人之感也。谢国桢言方东树五十知非，耄年好学。吾岂不然哉。

2007年10月20日　周六

谢国桢在《桐城方植之先生学术述略》文中说："大抵学术与时代潮流有关。时至清代西欧科学东渐，凡学术之趋势，于不知不觉之中已受其影响，即于宋儒理学何莫不然。清代汉学家之治学态度，如高邮王氏之治经，即能于考证中设一假定而推演之，故此假定虽不能全然，而必有必然者存，即观他家学术，亦莫不如是。故于汉学家学术之本身或无甚发明，而于治学术方法之方法，则固有所不可企及者。宋学之讲修齐治平之道，则所谓'人生之学'，而心性之学，其在宋代则不能不受佛学之影响，在近代则又不能不受西哲之沦变，而方氏（方东树）之求真，不为依和之谭，则亦含有学术思想有论理方法之初步也。"（《明清史谈丛》，49页）

方东树在20世纪颇为港台以及海外新儒家所称许。有以为"新儒"之前驱者，盖亦有因。然方氏终为戴、阮同辈，尚非清末康梁诸辈之为人前驱也。谢度其学术思想有"论理方法之初步"，则不详其间妙意。

要之，学术与时代潮流之关系，十分重要。谢氏此文刊于1928年，此正西潮涌动之时。彼时中国之学人自不能外于"不知不觉的影响"也。

2007年10月21日 周日

《书屋》刊散文批冯文。有理有据，无懈可击。然则我有一想：冯友兰已是古人，不可能为自己辩白。故是打"死老虎"。

如今颇有些唯我独"洁"的人，不顾历史条件和对人的复杂性的分辨，只一味在时潮中打"落水狗"，或英雄般地"落井下石"，对有权势的"活老虎"，趋走避之，或轻描淡写。冯友兰生前死后都无权无势，无论怎样打杀贬损，均可放手去做。此文人之无聊也。

何兆武作《上学记》，说他与邹承鲁都不佩服冯友兰。此学生议论老师常有之事，何足以此"空评"耶？何因此而受推崇，亦其一幸也。臧否人物，实易事尔。

2007年10月23日 周二 [①]

对中国的"皇权"制度作一番历史考察，是王毅的一项有现实意义的研究。王夫之曾有"百年之害，承千年之弊"的话。

皇权制度的"皇"本人可能是柔弱的，也可能是只好声

---

① 以下三篇日记最后成文《皇权 VS 宪政——读王毅〈中国皇权制度研究〉》，刊于2008年3月13日《南方周末》。

色犬马的顶极花花公子，也可能是李后主式的亡国之君，也许是"刘项原来不读书"的痞子……这都不要紧，只要制度建立起来而不受到能推翻它的挑战，则"皇权制度"是动摇不了的。因为专制的灵魂及其各级专制工具会保证性质不变。王毅的书最重要的便是写出了这灵魂和保证这灵魂附体的各级专制工具。朱洪武制定的家法国法不仅没有三世而斩，而是代代相传，代有创造。宦官一条线，在这条线上缀着东厂、西厂、锦衣卫。京戏《法门寺》中的刘瑾，当了皇太后的干儿子，封为"九千岁"，一人之下，万人之上，管到庸官县令赵廉，似乎做了件"好事"，殊不知却表明他管得多宽。刘瑾的几句水调"定场诗"："四海腾腾庆升平，锦绣江山咱大明。满朝文武尊咱贵，何必西天拜佛成。"文字粗俗，倒描绘了皇权制度的炙手可热。

2007年10月25日 周四

皇权制度的缜密和韧性，是中国历史的一大特色。王毅把中国的皇权传统与西方的宪政传统相对照。中国从秦政以后形成的"传统"，两千多年，很难动摇，影响深长（"清承明制"，康有为的话）。看看今天的电视节目，包括一些广告节目，皇帝的生活方式时时正面地展示给屏幕前的观众。观众并不因此想到皇权问题。焦晃说他不再演帝王了，不知他是怎样想的。西方（欧洲）也有过皇权，但时不时要受到挑战，到英国出现了《大宪章》，此后便有了新传统。欧洲社会在13世纪以后就已经逐步走到了中世纪的尽头。

王毅引汤普逊的话，着重说："1250年至1291年短暂的41年间，重大事件同时绽生犹如万炮齐发，击碎了封建鼎盛时代的社会制度，致使欧洲各地的秩序处于土崩瓦解之中。"（爱德华一世）

之所以提出13世纪的后半叶，因为那是英国《大宪章》诞生后"议会"制度化开始形成的时期。这无疑是英国，从比较长远的角度而言是西欧的宪政史的起点，因此有很重要的意义。它因此也被看作国民自由和人权的起源（宪政的要素是权利和自由）。欧洲的封建制首先在英国体现为权利的分割：国王与贵族分权，君主与教会分权，相应地出现了财产的分权和司法的层层分割。于是中世纪的分权与分割，作为一统皇（王）权的对立观念，便自然而逻辑地产生了"自由"的观念。

我想，犹太民族应该说是一个伟大的、智慧的、在人类的种种困厄中极富韧性的民族。它为世界文明的近现代进程，贡献了众多的大脑和财富。

1957年6月在哥伦坡（科伦坡的旧称，斯里兰卡的首府）召开世界和平理事会特别会议。中国照例派出了以郭沫若为团长的庞大的代表团，实际上的政治负责人是我很敬爱的廖承志。那时中国人在这种交往中最忌讳的事情之一，就是以色列的存在。所以不能同以色列人有任何接触，尽管以色列从来都只承认"一个中国"，而且一有机会便向中国表示善意。可是，中国人铁了心肠要跟阿拉伯人做"朋友"，跟以色列划清界限，不承认以色列国。在这次会上，以色列代表团里有一位以色列共产党的领导人，名叫图比（Toubi），他写了一个纸条，让我交给廖公。当时我想，这回廖公该接受了吧，共产党跟共产党还不能谈谈么？不料廖公连看都不看一眼，叫我"退回去"。图比并不觉得受了屈辱，收回纸条，对我笑了笑。

当天，或是第二天，廖公在会上即席发言，声色俱厉地痛骂以色列是手上沾满鲜血的刽子手！我观察图比仍只是笑一笑，没有任何回应。

图比，是那个时期（上个世纪50年代）我们那个圈内的人很熟悉的人名，因为每次开世和理事会会议，他都作为以色列的代表出席，但我们没有人了解他。因为他是不能接触的"敌人"。在我们的圈子里依照他名字的谐音给他起了一个绰号——"土鳖"。

2007年11月25日　周日

如何看"大"明王朝？有说明王朝经济生产"繁荣"、有了"资本主义的幼芽"（或萌芽），文官"集团"架空了皇帝，洪武、永乐以后大多是昏君不理事；若不是"外患"压境、李自成起义杀进京城，以崇祯为人"开明"，不排除大明本有"中兴"的可能，云云杂杂。谢国桢先生有句话一针见血，说，"明不亡于流寇而亡于厂卫"。"厂卫"是什么？用我们的话，就是皇权专制制度发展到极端的"特务政治"，是宦官揽权下的锦衣卫、东厂、西厂的总称。宦官权臣的狗腿子厉害得很，明朝的"皇权"不是空的，最大的特点就是"特务"横行，使文官武将都噤若寒蝉，稍有不慎，一旦被"特务"盯上了，身家性命都保不住。京戏里的《一捧雪》唱的就是权臣杀人，"戚大人（戚继光）八台官，救不了家老爷的命……"说"文官集团"架空了皇帝，实在似是而非。

至于说"生产繁荣"，不能否认生产总是会"发展"的。前两年在南浔看到一个纪念馆展示的江南一带在十六七世纪时的水陆阡陌、耕织繁忙、交易活跃的图景，千年传下的手工业演出的"农家乐"，这能叫"资本主义萌芽"么？"资本主义"首先指经济资本，但绝非止于此，依我管见，这种经济繁荣面貌在有名的《清明上河图》上已经有了。而关键是没有"动力革命"，就只能是手工劳动，手工劳动是带动不起产业革命的。欧洲以英国的产业革命为例，那就是动力（蒸汽机）取代手工，才使整体产业都动起来，这才会有"资本主义"。轻言"萌芽"（还以说不清的 GDP 为证，使不明事理的人不详察而盲从），仅投资、原料、加工等等，非似是而非为何？

从来又有一说，说中国历史民变（农民起义等）甚多，每每动摇皇权统治。王毅特举中西各一例，很说明问题。

中国的例子是明万历二十九年（1601），苏州织工被太监兼税吏孙隆勒索压迫而起事，遭镇压，为首者赴死。这类"民变"到处都有，但都未能对皇权有丝毫撼动。

另一例是同一时期伦敦市民对王权干涉城市经济而进行的抗争。从形式上看，都可以叫作"民变"，但却有本质的不同。王毅认为最大的不同在于："16 世纪英国的政治学家是着眼于'依照什么法律,来反抗王权的专制性'。"伦敦的这次反抗,其背景是1610年下院重申宪政法理以抵制国王的经济禁令。因此中国史上的"民变"的政治取向是后退的,"变"后仍是原样。西方的"民变"则具有宪政法理意义,它的导向是前瞻的。其实后来的遍及欧洲的启蒙运动实与此有精神上的联系。

可见,言"萌芽",只看那不知根据什么"算"出来的GDP而不看其政治(法理)的民主内涵,则"萌芽"者如果真有,也不过是"死芽",社会仍只是原样的皇权制度。

王毅选取明朝侧重研究并与西方的宪政传统相对照,很有见地。明朝积秦皇西汉以降历代皇权专制的经验而大备,皇权专制含权臣、宦竖、特务组织,体制最为完备,清承明制,把明朝弄透了,中国的皇权专制史容易了然。早年史家瞿兑之在《涤砚余沈》中说:

> 诸生有以读史当何先为问者,应之曰:当先读《明史》。盖吾国一切政治社会制度,秦汉一变,隋唐一变,南宋一变,而明又一变,近代各种规模,皆创于明,相识至今,大体犹是。

瞿氏出身望族,父为清季军机大臣瞿鸿機。瞿氏阅历甚丰,曾任北洋政府秘书长等职。晚年治史,执教于几个大学。1973年逝于沪。

2007年11月29日　周四

近作打油诗两首录如下：

老境

处处酸疼处处痒，
连连"虚恭"连连响。
牙齿动摇两耳聋，
幸亏头脑尚清爽。

读王毅《中国皇权制度研究》

笔之削之作春秋，
秦政千载覆九州。
休道满园春色好，
天阴雨湿声啾啾。

2007年12月1日　周六

"央视"播"国家京剧院"在新建的"梅兰芳大剧院"上演的"晚会"，都是新编的。一体的"样板"味道。

最后是习见的有唱有舞的"大制作"。四个演员着便装，分不出生旦净丑，京戏不像京戏，歌剧不像歌剧。一律声调高亢，是那种歌功颂德的调儿，每个颂词都拉长了声音，听了闷气。可惜于魁智给弄成了这般角色。

2007年12月6日　周四

朱元璋死后，孙子继位，惠宗，燕王（成祖）起义夺王位，血战后登基。朱洪武大杀"功臣"，永乐又大杀异己者，除战争血流漂杵，两次杀人都血流成河。

明成祖立了三项贯穿了明王朝的制度：内阁制，使文臣尽为皇帝所用；宦官专权，宦官总揽军政诸大权由此始；军权三营制，"卫戍"皇都。锦衣卫和东厂监督、控制了文官武将，而锦衣卫和东厂又都由宦官管，"西厂"建于宪宗，也是宦官统领。

洪武没有做的，永乐时期都做了。

2007年12月9日　周日

旧诗有古诗和近体诗之别。

近体诗讲平仄，五律、七律还要讲对仗。古诗自由得多。即使是杜甫，所作古诗也优于律诗。或说古诗中好的，比律诗中好的要多。

杜古诗如"三吏"、"三别"、《兵车行》、《茅屋为秋风所破歌》等等，求之律诗，很难达到那水平。古体诗还可写得很幽默、调侃，接近口语。新文学运动提倡白话文，好的白话诗也可以写得像古体诗。古体诗比较容易写，平仄不拘，韵脚也可以随机应变。现在作新诗的人不懂诗的源流，灵机一动，就写出一些辞藻美丽的句子，但没有丝毫诗意。所以也许学古体诗是提升新诗品格的一个方法。杜甫的许多古体诗，真的都是大白话。如《醉时歌》，把广文先生郑虔的体态写活了。

2007年12月11日　周二

吾青、中年时（五十岁前）无思想，随环境所左右。十五六岁时，北京属"国统区"首善之区，尊崇蒋委员长。旋国共开战，不知"共"为何物，对蒋渐失信。中有教授般人士。我无分辨能力，也不往那上面想。政治上糊涂人也。

四九年吾十九岁，初上大学，仍无思想，后随流渐识共产党而随之。五三年入"和大"[①]，"政治学习"每天晨读一小时，规定读《联共（布）党史》，通书都是斯大林战败各个"错误"路线代表人物之史。心中有一点不解，学它何用？但并不再想下去，叫学就学吧。在"和大"二三十年被动而积极被"改造"。这期间确实读了相当多的马列毛，只吃不消化，更不懂为什么。然而心仪的还是文化。

行年五十始有所疑，由疑生悟，此过程至八九年始顿悟，又十数年而彻悟，已七八十岁了。回首往事真是平淡而又平淡，迷迷糊糊过了几十年。幸好越老越明白，唯救国救民连沧海之一粟都够不上，但自己明白了，总是一生中最幸运的事。

如何写"回忆录"，只在这圈子里"回忆"，没什么大意思。

---

① 和大：中国人民保卫世界和平委员会之简称。——编者注

杜诗"欲觉开晨钟，令人发深省"，已经太迟了。

2007年12月20日　周四

杨绛以九十六岁高龄作《走在人生边上》。通书归结四字曰：灵性良心。

人，备灵性良心者为上品，有良心而少或无灵性者为二品，有灵性而无良心者最坏，够不上"品"，既无良心，又无灵性，其为禽兽必矣。禽兽亦有有良心者，窗外喜鹊筑巢那一节"注释"，就很动情感地写了那些有良心的喜鹊。

杨绛作文，如行云流水，毫无斧凿痕迹。

2007年12月21日　周五

北京究竟哪些人属于土生土长的"老北京"？这问题很不容易说得十分清楚。北京自从明成祖建都燕京起，早已成为一个"移民城市"了。我算"老北京"了，生于斯、长于斯，将来有一天还要死于斯。不过我的"祖籍"不在北京。假如祖上没有到北京作了"移民"，我肯定不是"老移民"的后代。

"老北京"里有相当一部分"满族"人融入，他们的子弟有称为"八旗子弟"一说。若刨起老根儿来，可能要刨到东三省的"后金"。

"老北京"中可能有相当一部分是"元大都"时期汉人的后裔。然而那时的汉人，政治上受蒙古人的歧视，而且元以前,那是燕云十六州范围之内的地方,民族混杂,很难说清谁是"大都"人。

"老北京"素称豪气,古有"燕赵多慷慨悲歌"之誉。老早已看不到这股"气"了。能感觉到的却是他们当中不少人的油滑和懒惰。

这种"人民性",贬义地常说"八旗子弟"的品格,把问题推给了满族人。这不大公平。

明谢肇淛《五杂组》里写"老北京",谢是明万历时人,他以闽人看北京,倒说中了几分。抄录三则如下:

> 京师风气悍劲,其人尚斗而不勤本业,今因帝都所在,万国梯航鳞次毕集,然市肆贸迁皆四运之货,奔走射利皆五方人民,土人则游手度日,苟且延生而已。不知当时慷慨悲歌游侠之士,今皆安在?陵谷之变,良不虚也。("土人"者,当时的"老北京"也)

又:

> 燕云只有四种人多:阉竖多于缙绅,妇女多于男子,娼妓多于良家,乞丐多于商贾。至于市陌之风尘,轮蹄之纷糅,奸盗之丛错,驵侩之出没,盖尽人间不美之俗,不良之辈,而京师皆有之,殆古之所谓陆海者。昔人谓"不如是不足为京都",其言亦近之矣。

又:

齐、晋、燕、秦之地，有水去处皆可作水田，但北人懒耳……（"燕"人属"北人"也）。

是则早在明万历间，京人之病已见，怪不得"八旗子弟"也。举凡帝都必有恶疾，久成习性，人皆染之。

随　想

生活中越熟悉的东西越难捕捉。鼻子尖下的东西往往是最后看到的。人，是每日每时都见到的，但最难了解。古今哲学家都越研究越糊涂。

忧虑，时间性，异化，是存在主义的三大主题。存在决不是现在，而是不断运行着的未来，因此哲学家应把眼光射向未来。人无忧虑便没有创造。故哲学必是忧虑的哲学。

自由总是与责任联系在一起的，对别人不负责任的自由，不是真正的自由。

生活总是在变革中，或在酝酿变革，而人的思想时常并未做好准备。所以思想常常落后于生活。

我们处于两个世界之间，一个已经死了，另一个则无力出生。为此海德格尔坚持认为，哲学家必须考虑到自己所处的时代，必须意识到这个时代所特有的黑暗。

西哲中，如胡塞尔等，超时间、超历史地去探索人生本质，追求先验还原，追求世界原样。宋明理学和心性之学亦类此——万物浑一。海德格尔一反笛卡尔二元论，把人放在自然中，却超越自然去观照和审视存在，此法亦与宋明理学有相合者。

海德格尔见人于自然，故能理解老庄。

中国哲学是"人学"，其终极不是具体的、生物的"人"，而是哲学的"人"。作为生物的人，是渺小的，"号物之数谓之万，人处一焉"哲学的"人"，则与天同心。张载四句箴言，都讲人的使命——为天地立心，为生民立命，为往圣继绝学，为万世开太平——都是大写的人的"使命"。因此哲学的"人"是伟大的。

中国哲学没有开出科学，是受了宗法社会的束缚的结果。然则，中国宗法社会之绵延不绝，中国哲学是否起了作用？

老子曰："有物混成，先天地生。寂兮寥兮，独立而不改，周行而不殆，可以为天下母。吾不知其名，强字之曰道，强为之名曰大。大曰逝，逝曰远，远曰反。"这个道理宋儒可以接受，莱布尼茨肯定可以接受，康德不会反对，海德格尔以为是"先得我心"。故老子是先验主义的老祖宗。中国哲学之包容性很强。事实上，可以称之为"哲学"者，必须有无限的容量。

冯友兰曾说，"哲学"与"哲学史"不同，"哲学家"与"哲学教授"也不同。中国现在学哲学的实际上学的是"哲学史"，充其量是"哲学教师"或"哲学教授"，而不是"哲学家"。前者只是理解或解释前人的哲学，后者则必重在自己的思想。

自然科学越研究越明白，社会科学尤其是哲学则是越研究越糊涂。哲学是永远不会有结论的"打破砂锅问到底"之学。

哲学应有十分广的包容性。这是马勒伯朗士绝对比不上莱布尼茨的地方。前者没有脱出神学教条的窠臼，后者则包容了、改造了神学。

提不出有广泛包容度概念的"哲学家"，不能算是名实相副的哲学家。

中国哲学无非"天""道""命""理""心""性"，天地境界、人生境界皆备于此。有此数念在心，可以读各家书。仁义礼忠孝节，等等，系宗法社会之伦理体系，中国哲学之末端尔。

老子曰："视之不见名曰夷，听之不闻名曰希，搏之不得名曰微。此三者不可致诘，故混而为一。其上不皦，其下不昧。绳绳不可名，复归于无物。是谓无状之状，无物之象，是谓惚恍。迎之不见其首，随之不见其后。"

中国哲学儒道释合一，而实原于道。儒重伦理政治，为人处世，此"实用哲学"也。老子亦讲"德"，然"道"为根本，天地人心均本于"大千之中"。自开新学以来，中国哲学即转成少数学人研究或把玩之物，大多数知识分子已与之无缘，根基几已断绝。中国文化乃渐成不中不西、非驴非马之"翻版"文明，真学乃中衰矣。果如李慎之之言，中国哲学在下世纪（21世纪）有望复兴斯为至幸。然我无此信心也。

钱锺书尝言："大抵学问是荒江野屋中二三素心人商量培养之事，朝市之显学必成俗学。"钱学若成"显学"，亦必成"俗学"。大抵真学问需涤尽此类名利。显学是否沦为俗学，不在其是否"显"，而在其是否"俗"。下海之名角有时不及票友，其故在此。盖"名角"多为名利所累，而"票友"则纯为兴味，并不想以此讨生活、求升迁也。故为学问而学问之可贵在此。然而，钱锺书是特殊人物，其易于博得淡泊名利之誉，其故亦在此。

有一种几近于约定俗成的说法，中国有明一代二百余载，即从14世纪至16世纪和17世纪，中国社会大抵是比西洋先进，至少不比西洋差。相当于明时的欧洲刚发生或正处在文艺复兴的势头上，西欧正是从此才突飞猛进起来，而终于超过了中国。直到 19 世纪中叶，中国人自己和西洋人的脑子里还朦朦胧胧地存在着"中国的神话"。那么，明代时的中国社会果真"先进"于西洋么？这难以有准确的答案。不过，至少利玛窦把天主教义带来的时候，明神宗的官僚们最赞赏的是利玛窦带来的自鸣钟之类的玩意儿。徐光启对利氏等西氏的折服更多的似乎是西洋的水利、天文气象、几何原理等自然科学领域里的东西。以后，在天文学、气象学等中国的"强项"里，竟需要西洋人主其事。南怀仁、汤若望正是以其科学方法的准确性战胜了杨光先"回回历"之类的旧法的。说也怪，从沈漼到杨光先一路的"排外派"都是从魏忠贤到鳌拜一路的政治上的"守旧派"。

青少年在读历史书，早就知道几大文明古国之外都是所谓"蛮夷"之邦。刚参加工作时，有些西方人喜欢说，当中国文明已是漪欤盛哉，他们那里还在"茹毛饮血"。这话颇能使中国人赢得几分骄傲的"满足"。后来到了欧洲，发觉我原来只是把"罗马"局限在今天的意大利，其实那本是一个很庞大的帝国。奥古斯都帝国的文明覆盖了西起莱茵、多瑙、大西洋，东抵幼发拉底，南到北非。自然希腊文明是包容在里面的。因此，"茹毛饮血"的人只是莱茵、多瑙以北的"蛮族"和欧洲边边角角的游牧民族了。我于是感到，古老文明本是覆盖了整个星球的大部分，并非专施惠于古中国的。更何况那被奥古斯都排除在莱茵、多瑙以北的日耳曼人在后来成了西欧的"脊柱"。

吾人时常喜欢用西洋的尺度衡量自己的社会，似乎西洋有什么，我们大概也该有相应的东西。例如，西欧有"文艺复兴"，那是作为中世纪的反动而出现的，那特定的历史条件是很分明的。于是有热心人也要在自家找个"文艺复兴"，曾有把韩愈的"文起八代之衰"的古文运动比拟为一次中国的"文艺复兴"，那自然是个笑话。近来有说中国历史上有过三次"文艺复兴"的，其说不得而知。总之，这样的"文艺复兴"已无西欧"文艺复兴"作为时代标尺的原义，而是另一种东西了。

有说明代已有"资本主义的萌芽"的。这里，"资本主义"只是借用过来的，用以说明某种经济因素正在出现。如果是，则亦仅约略类似于西欧中世纪的某些表面现象。这里"萌芽"排除了吾人所理解的资本主义的特征：资本积累与生产力的科学化。这两条在明代都还没有。

宋儒有"我注六经，六经注我"一说。这也是东西同然的一种心理。如"古为今用""洋为中用"，这就说明"注"不见得是纯学术性的，而是有所为的。自中西文明有了交往的明代起，双方格义亦都是有所为的，少有纯而又纯的"学理"，终归是为我所用。利玛窦扮成"西儒"以利于传教；马勒伯朗士批判中国的宋明理学是为了借以同斯宾诺莎主义争辩；莱布尼茨拥护《周易》和宋明理学，是因为它有助于说明他的"先定和谐"论；伏尔泰盛赞康熙大帝，是因为他不见容于法王。究其底，都是有些"六经注我"的味道。不想借助中国以达到自己目的的人就比较超脱，如孟德斯鸠、黑格尔之类。实则莱布尼茨、伏尔泰之类的所谓"亲华派"对中国文化并不是一味"盲目崇拜"，如说中国只有"应用哲学""伦理哲学"，没有"思辨哲学"；伏尔泰还说中国在科学方面不大行。所以吾人喜欢说17、18世纪的西欧出现过"中国热"，若不是一厢情愿，怕也是夸大其词了。一些西洋人对中国产生过"乌托邦"式的梦幻，一是听了某些传教士的话；二是自己当时处境不理想，想在遥远的东方找个"理想国"；三是他们都没有来过中国。至于反方向的西学东渐，我们都比较熟悉个中甘苦，此处只想说不要把那时的欧洲人看得太天真了。

黄仁宇以"资本主义"为"技术问题"的概念，排除"意识形态"之因素。这是一种理想主义的想法。果能如此，自然可以免去许多历史上的麻烦。但远的不说，法国大革命时即已表现为一种意识形态之斗争，而后爱德蒙·柏克一出，潘恩之争辩，都进一步把一个制度问题涂上了意识形态的色彩。所谓意识形态之斗争不必待马克思之问世而始有也。因此，纯而又纯的"技术"观念殊不易有也。

治"西学"者不谙"国学"，则漂浮无根；治"国学"而不懂"西学"，则眼界不开。文化割弃了传统，是贫瘠的文化。

周作人谓中西隐士之不同在于中国隐逸之士是"政治"

的，西方的隐逸之士是"宗教"的。宋无名氏《水调歌头》虽云"银艾非吾事，丘壑已蹉跎"，但终由于"欲泻三江雪浪，净洗胡尘千里"而不可得，于是，"回首望霄汉，双泪堕清波"。所以，不做官，不是不想做，而是官场失意才做了"隐逸之士"。周作人算是抓住了中国士大夫的要害。

马连良之病在于"飘"，周信芳则失之"浊"。若两病不能尽去而可去其一者，宁取"浊"而勿"飘"。为学亦当如是。"浊"尚有根，"飘"则易流于油滑。时人谙此理者不多，此马得以时兴故也。

洪亮吉《北江诗话》云："怪可医，俗不可医。涩可医，滑不可医。"又云："近时诗人，喜学白香山、苏玉局，几于十人而九然，吾见其俗耳，吾见其滑耳；非二公之失，不善学者之失也。"如今文艺界之相声、小品之属，病即在"俗""滑"二字。京剧中之"十净九裘"，则病在"不善学"。做人做事，亦当戒此病。

《韩愈志》，钱基博著，中国书店影印。钱基博，钱锺书之父。自古江南多才子，北地甚少。

党同所以伐异，天下政治大体如此。欧阳修"朋党论"分君子之朋以同道，小人之朋以同利。欧公终未及"朋党"真义。

人每有"违心"之言，做"违心"之事，自非坦荡者所当为。"违心"一词乃含有不得已而为之甚至是"顾全大局"的苦衷。于是，存心伪善之徒便以"违心"二字给自己打掩护，以博取不明真相的人的同情。我相信确有人有不得已的难处，但是以"违心"代替"诛心"，则是一种逃脱罪责的"障眼法"。

西方哲学重两端：人性与物性。中国哲学也讲"人性"。梁漱溟所谓"人心与人性"是也。然则中国之"人性"与西洋之"人性"似不同。中国的"人"是道德的人，是"应该"怎样做才符合一定的道德规范的"人"。就是说，要经过"修身养性"才能做到的。而西洋的"人性"则是自然的、理性的"人"，是从人的本性出发的。这是"理性哲学"的基础。因此，西洋理性哲学是要使人的本性得到充分发挥和保护。不像中国哲学那样要"矫正""规范"人的身心。即《大学》里所概括的："古之欲明明德于天下者，先治其国；欲治其国者，先齐其家；欲齐其家者，先修其身；欲修其身者，先正其心；欲正其心者，先诚其意；欲诚其意者，先致其知。致知在格物。"这本是一个人的"认识论"和"目的论"统一，即从"即物穷理"开始。若真从"即物穷理"（格物致知）开始，认识论的路子就对了，可惜《大学》的重点却不在此。第五章只留下了一句话："此谓知本，此谓知之至也。"朱注："此句之上别有阙文，此特真结语耳。"阙了，怎么办？于是以程子之意补之。即"所谓致知在格物者，言欲致吾之知，在即物而穷其理也"那句话。这个意思本是最重要的，但在《大学》更重视的却是"诚意、正心、修身"，而儒家要旨也正在此。中国哲学本也有披露"人性"的字句。"万物皆备于我"，这个"我"可以是本然的"人"，"尽心""尽性"都可以是本然的人的"心"和"性"。问题是这些个别的字句都淹没在伦理的、道德的、政治的准则里。至横渠四句，"我"作为本然的人，和伦理、道德的人便混在一起了，仍是要从应当怎样做人着眼。

对于"物"，即外界，西方从古希腊时起就很重视，如"原子论""元素论"，等等。这个传统传下来发展成为科学。中世纪神学的世界，希腊精神受到抑制，然而这一千年经济发展了，市镇发展了，民族国家在中世纪的后期出现了。天主教建立了神学的精神统治，但同时也重视教育和学术，欧洲许多名牌大学都始建于中世纪。伽利略、哥白尼、布鲁诺等固然都受到宗教迫害，却也表明自然科学到中世纪后期的发展达到了可观的地步。利玛窦是在欧洲正跨出中世纪的大门的时候来到中国的，他带来的天文、气象等知识都足以使中国人瞩目，数学、水利等显然已远远走在中国的前面。宗教改革对立面的耶稣会恰恰以其博学多识吸引了东方。西方在神道设教的同时没有抛弃重视外界的传统。文艺复兴、宗教改革、启蒙运动则更释放了人的能量，使社会摆脱了神的束缚，大踏步地把对外界的认识推向前进。

显然，中国没有走这样的路。墨子是注重对外界的观察和研究的，但其道未传。历史上间有对物的研究者，出了些如张衡、沈括之类的科学家，但形不成"传统"。至晚明，徐光启是一位有开拓精神的科学家，然而在那样的制度下，他孤掌难鸣，绝不可能开启科学的传统。

儒家也是讲"人性"的。《中庸》第二十二章："唯天下之至诚为能尽其性；能尽其性，则能尽人之性；能尽人之性，则能尽物之性；能尽物之性，则可以赞天地之化育；赞天地之化育，则可以与天地参矣。"宋儒继承的也是这个。问题是没有把何谓"尽人之性"想得透彻，并且问题刚一提出就拐了弯儿，跟"圣人之德""无人欲之私"挂起钩来，把"人性"同"人欲"不仅割离，而且对立起来了。

传《北京大学学报》有文批评某些教授"坐而论道"，"不干实事"。这类批评语不中的。夫学者之"道"必当"坐而论之"，或用口论，或用笔论；该受批评的，是那些坐而不论道的不学无术而空有学者之名者。至于"实事"，则要看何谓"实事"，和干什么样的"实事"。若把凡与现实无关联的学问都视为非实事，则无疑是一种功利主义或实用主义的偏执之论，是不足为训的。

凡大学者，其思想多成熟于盛年，其后虽屡经曲折，或增益或删减或改易，盛年时所形成之思想仍最根深蒂固，其间纵有扬弃，到头来本色仍不可易。此之谓思想的延续性。其所扬弃，或思想活动中产生之否定，而否定之否定，便又"回到"原来的思路。并非机械的"重复"，而是经过思想之流动而使于盛年形成之思想更趋于成熟。其所扬弃，可能出于环境之变迁，有了新的外力的推动，因而促使原来的思想发生动摇，此种"动摇"常是被动的，而非原有思想之自然发展或延伸，则此类"动摇"后形成之"新思想"每不巩固，原有之思想根基仍在，盖这种"新思想"之基础是一种"混合物"，且不能自成体系。一旦环境又发生变化，使新思想之基础随之发生动摇，则原有之思想可能复归，而"复归"后之原有思想有可能进入新的更深层的境界（或新的升华）。这一新的升华则可能是原有思想的合乎理性原则的"净化"。人的思想由此把思想流动的圆圈封合。冯友兰先生的哲学思想，即循此轨迹以进。

中国传统哲学何以不能开出自然科学一脉，国内外学人多有探讨。此当于中国传统文化之特点求之。中国传统哲学分两部分。一属政治的、伦理的哲学，西人谓为"应用哲学"，即政治、社会哲学，道德文章、典章制度皆属之。二属理、气、心性之学，属"天人合一"之大范畴，其中间有西方"本体论"的味道。然而二者（政治哲学和心性之学）均视工艺为奇技淫巧，视为末技。前者之根本是"统治术"，可能开出科学的，本来应在后者，但宋儒拐到了"太极""太和"等虚空概念里，并在里面转来转去，最终坠入凿空之学。

新编版后记

庚子年，疫情年。

这一年发生了很多事，也使很多该做的事情做不成。

2018年先父陈乐民先生去世十周年时，东方出版社决定出版"陈乐民作品新编"。编纂过程中疫情暴发，地球人轮流禁足，许多行业按下了暂停键，出版行业也不例外。禁足期间我甚至觉得过问编辑工作是否还在继续，文集是否还能顺利出版都是不合时宜的。所以，当陈卓先生6月底忽然与我联系，告知编辑工作已接近尾声时，我竟有些惊喜。

父亲离世后，我打开他自己整理的文件档案，走进他的笔墨世界，整理出版他没来得及发表的文稿。父亲的文档在助手的帮助下整理得很清晰，所以他去世后短短一年半的时间里就出版了《启蒙札记》《对话欧洲》《一脉文心》（三联书店）和《给没有收信人的信》（广西师范大学出版社）；2010年北京画院举办了"一脉文心——陈乐民的书画世界"书画展；2014年三联书店出版了"陈乐民作品"；2018年浙江大学出版社出版了书画集《士风悠长》，同年浙江美术馆又举办了"士风悠长——陈乐民文心画事"书画展。

这一切令人欣慰，但我总有些难言的怅惘、失落，甚至虚无。因为无论是作家还是学者，最高兴的事情是看到自己的作品问世，看到自己的著作有人阅读、自己的字画有人欣赏，能与读者特别是青年读者分享、交流自己的思想。然而我父亲没能看到一年内自己四本书的问世，以及之后文集的出版，也没能看到自己的两次书画展。所以，听大家回忆他的人生、分析他的思想或欣赏他的书画时，我只是一个旁观者和局外人，深感若作者缺席，则一切皆无意义。

时间还是多少拉开了我和父亲之间的距离，使我得以理性地看待他——不仅是作为我父亲，而是特定环境中的一位学者，一个人。2018年，因为要整理出版他的作品新编、再版书画集、整理要捐赠的手稿，我从不同角度深入他的文章、笔记、书信、日记、手稿、字画里，透过这些文字，我得以重新发现他，冷静地审视、描述这位学者。

说他学贯中西绝不为过，他的学术领域涉及国际关系、中国历史、欧洲历史、中西哲学、中西交通史、中西文明比较，他写学术著作，也写杂文。我才疏学浅，论及哪个领域都有班门弄斧之嫌。我只想谈谈从他的文字里我看到了一个怎样的人，以及他作为一个有社会关怀的学者留下的遗憾。

父亲的座右铭是"以出世的精神做入世的事情"。他关注社会，愤世嫉俗，心系启蒙，希望写出的东西多少有益于推动中国社会的进步。他的读书、思考、写作与功名利禄无关，与谏言、智库无涉，因此耐得住寂寞，常常只问耕耘，不问收获，享受的是阅读、思考、书写、绘画的过程，而非结果，真正进入了"我思故我在"的境界。

父亲思考很多问题，写下来，却不急于发表，甚至没想去发表。他留下了几百幅笔墨却没想过示人，这是他自己的一片小田地，是修身养性的"静心斋"，那些长幅和整本娟秀的小楷文钞，透着静和净。这时的他就像打坐的高僧，与世隔绝，物我两忘，脱离了世事纷扰。

退休以后，父亲没有行政事务羁绊，没有课题压力，彻底解放了自己，可他却为尿毒症所苦，透析长达十年之久，每周只有一半的时间可以工作。我想，正是这种出世的精神使他得以把平和豁达的心态与激越的头脑风暴结合在一起，有效地利用了极有限的时间和精力。他的大部分作品竟然是这十年写就的。

父亲越来越注重提出问题，而不是给出答案；更在意先让自己明白，而不是刻意说服别人。看他的笔记和日记，困惑、质疑、反思、自我审视远远多于给出结论。有人说他的文章读起来温润内敛，不那么锋芒毕露、咄咄逼人。我想，这不仅是一种文风，更是一种希望与读者平起平坐探讨问题的态度。很多问题他没有机会讨论，也没有时间找到答案。他说他很寂寞，这种寂寞不完全是无人对话，更是精神上的。所幸他又很享受这种寂寞。

我在父亲的笔记本里发现他记下了好几页的思考片断，不知道准备做什么用。比如：

——生活中越熟悉的东西越难捕捉，鼻子尖下的东西往往是最后看到的。人，是每日每时都见到的，但最难了解。古今哲学家都是越研究越糊涂。

——自由总是与责任联系在一起的，对别人不负责任的自由，不是真正的自由。

——我们处于两个世界之间，一个已经死了，另一个则无力生出。为此海德格尔坚持认为，哲学家必须考虑到自己所处的时代，必须意识到这个时代所有的黑暗。

——自然科学越研究越明白，社会科学特别是哲学则越研究越糊涂。哲学是永远不会有结论的"打破砂锅问到底"之学。

——治"西学"不谙"国学"，则漂浮无根；治"国学"而不懂"西学"，则眼界不开。文化割弃了传统，就是贫瘠的文化。

…………

他的一首小诗也是这种心境的写照：

初冬一场雪，大地洗纤尘。
多病似非病，无神胜有神。
新书焉可信，旧史亦失真。
老至频发问，解疑何处寻？

其实，无论在什么领域，提出问题往往比回答问题更重要。正是因为不断质疑，父亲不满足于停留在国际问题领域，而转向历史，进而转向繁复的哲学思考。生命的最后阶段，他对康德着迷，自称是斗室中的"世界主义者"，到了羽化登仙的地步。而这时的他已经坐了轮椅，几乎站不起来了。

高楼需要坚实的地基。父亲的国学和西学底子深厚，夯实了相当坚固的地基，可惜没有时间把楼盖到他期待的高度。他年近半百才有机会进入学术研究领域。不要说如果他二三十岁就能开始学术研究，哪怕他晚走五到十年，也会到达一座新的学术高峰。虽然相对于他可以利用的有效时间来说他已算是多产，但由于他与很多同时代知识分子一样，不得不将大把的年华洒在曲折的道路上，他没能成为他所崇拜的民国学术前辈那样著作等身的学者。尽管他潇洒地说"休怨时光不予我，来年可是纵漫天"，但对于他这样一个有如此深厚中西文化根基的人本可以达到的高度而言，不能不说留下了太多遗憾。且不说还有多少"欲说还休"。

父亲是乐观的悲观主义者，或者说是悲观的乐观主义者。他在日记里沮丧地说，他写的这些东西似乎没有多少价值，就像棉花掉在地上一样静默无声。但是他又像很多中国知识分子一样，以为社会总是在螺旋式进步，因此还是知其不可而为之。

幸运的是，父亲生前身后不断遇到文化底蕴深厚、敬业、专业而有理想的编辑，是他们的努力，使得他的著作、他的思想火花，甚至思考碎片得以保留下来。东方出版社这次出版"陈乐民作品新编"（九卷），收入了大量未曾结集的文章，包括未曾录入的手稿，共计 12 万字左右，同时重新整理、编辑各卷篇目，使得每卷的主题更为突出，内在逻辑更加清晰。

这个庚子年必定成为史书上标志性的一年。而就我个人而言，这一年里最值得回忆的就是父亲这部作品新编的问世。

陈丰

2020 年 8 月 18 日于巴黎

*

陈乐民先生手稿选摘

*

半个世纪

　　上个世纪五十年
吴达元先生等教导下
教的课是最多的，以
都是吴先生教的。
　　那时清华大学的
作为通向文学的"工
文系的方针的确是这
讲文学选读，都作为

珍贵记忆

苏乐民

我进入清华园，即在□国语言文学。吴先生□、修辞到文学选读，

□系例重文学，把语言□。我体会当时清华外□，吴先生讲文法修辞□中精神。例如讲文法

（此五门 话□ ）

结构技巧，而是结合

们急于徘徊嘴说话，

首先要打好文法的基

吴先生之重视文

有文学史的专门课不

公课，都会联系上文

的、特别是法国的文

的。以后再读文学史

之感☐了。

文学与历史是联

美；不联系时代背景

妙，恐怕也偏较难に

德、莫泊桑、☒两军

单纯把它讲成指占的文学意义的例句。我先说，这没有错，但才能讲正确的话。

我课有传合，那时没听先生的课，无论什。我所了解一些欧洲，大半是听吴先生讲的书，就也没有隔膜

的，不单纯是辞章之某人的集文，那修辞之到位。记得先生讲都，都像讲历史故事

一样，很生动地说
　　他讲课是投入
叫做"J'acuse!"（我
纪末法国有名的
的记忆署。先生讲课
中。一次他讲维克
Tristesse d'Olimpio》
课时，故事的情节
诗有对爱的激情，
西吴先生充沛感
香婉的分析，是我

（略带广东音的）

代和社会。但

的情感的，讲左拉，
，我印象至深，译世
斯宅集，从此到达我
发，时々"陶醉"其
果的一首长诗《La
欢的悲凉），用了好几
忘得干々净々，但愿
的凄婉，却有印象，
故的对人物内心曲折
忘的。

用什么教材,是有文法,先生选用的这本书是英美学校的学生都有英语的而且都附有文学化的兴趣。第一次上这本书,发给我们图书馆长期借来的借来人手一册的馆藏本之事,书和

那时的师生关时便把我们十来个至新校院一座小

例和书刊，就较适
大的自由的。如法文
Square编的《French Grammar》
的文法书，我们班组
用起来可以融会贯通，
文，以引起学生学习
，吴先生拿着十来本
册，说是他的名又从
那首长待也是从国书
时   惊奇清华图书
之繁。
切，吴先生每隔一段
邀集到他家小聚。他
冬天在客厅里，夏天

便到外面的草坪上，
原要讲些他的经历
，这是另一种授课方
坐春风之感。谈至宗
一些广东小吃来招待
许很难想像了，那时
班学生还有数十、表
政呢，清华大学八十
去寻访新林院田地，
向草坪已变成新三
藏室"了，简陋得

的话题很随便；先生
所表情的莫利哀得戏剧有如
使人画怕处自得"鱼生粥"
是师母便舒出雅兴现在此
。这样的雅兴现在此
只十人左右，今天每
百，且居任环境已经 （这样的"小聚"恐
校庭。我们几人特意 怕不太容易了。
小楼已破旧不堪，四
自盖的"厨房"或"储
且。

上海人徐光启

　　晚明的徐光启是个□□求新，为当时朝廷所仅□儒者之耻"；师事泰西□他带来的科学知识，孟为它種"补儒易佛"之□
不保守，求进取
此的。□□徐氏□□是
　　□□光启一生乙□

民

上海人。他奉家
言，"一事不知，
，主要是着中了
天主教，則是因
是有利于经闹活
新家。而我印
地，一是因为他
的言论

啤酒杯的故事

据载，某君到德国…
于一家小饭馆，看到柜…
啤酒杯，造型朴素美观…
人们不种老板娘说什么…
用来盛啤酒的，她卖的…
她的经营范围之内；…
入娘没名堂，而且到那…

姜陆狄
96.2.2.

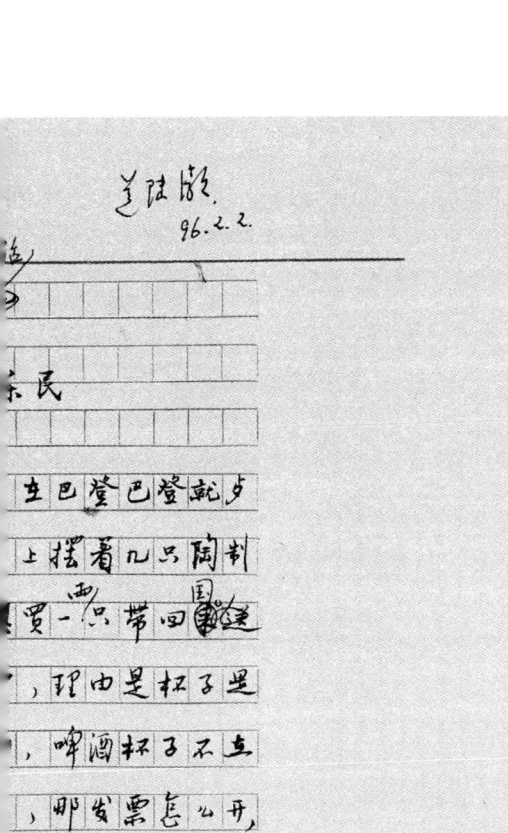

朱民

立巴登巴登就步
上摆着几只陶制
买一点带回国连
，理由是杯子是
，啤酒杯子不立
，那发票怎么开
这笔账……理由

一条又一条，某君给于满[...]

德国人是不是都像他[...]念清晰、范畴明确、逻辑[...]不过，总觉得西方人[...]来，比较迂而直，尤其是[...]点会拐弯。那位卖酒工[...]中国人有些[...]至少有些[...]远非人人都念过庄子，可[...]"此亦一是非，彼亦一是[...]自通，于是语此立而说中[...]

啤酒杯。

先招康德那样概
那倒无一言
我没有作建词
焦虑式 一段说
似乎胸子工 响们
 馋中国人什么"是说 机动"。
老板娘，喜啊
眼 中国人
"无可无不可"
，却是无师
现代人的准则